J O Y

享受讀一本好小說的樂趣

第七屆皇冠大眾小說獎決選入圍作品

梁家蕙[著]

二重奏

〈推薦序〉

愛是一門知心的藝術

南方朔◎文

羅曼史作品雖已有了數百年歷史，但它仍持續不衰，最主要的原因即在於被寫的對象能不斷的與日俱進。西方近年來的羅曼史會寫海豹部隊的女兵，會寫模特兒訓練班裡的準名模。當新的專業領域被帶進羅曼史，愛情故事也才會更豐富。

《二重奏》寫的是美國華裔音樂少女張吉兒與韓裔音樂少男安祖的愛情故事。它寫的不像過去羅曼史那樣情節複雜，蕩氣迴腸，卻強調兩者之間的靈犀互動，深情款款。羅曼史能寫到如此火候，洵屬不易。

而這部作品之所以不落窠臼，主要的是它在敘述少女少男感情世界時，帶進了許多異質而陌生的元素。韓裔少男安祖，除了學大提琴外，也還是個有世界級水準的魔術方塊專家，而華裔少女張吉兒，則出身音樂家庭，還是個花式溜冰高手。他們都擁有豐富的生活世界和友情親情網絡。當所有這些能夠聯繫起來，他們的感情交往就有了更多對話空間，感情世界也就不至於單薄貪乞。有些羅曼史彷彿不食人間煙火，只是在男歡女愛，離奇的情節、打情罵俏的話語間糾纏。《二重奏》的少男少女故事則多出了豐富的背景，以及人的成長經驗。

由這部作品，我們知道了原來魔術方塊還有那麼多有趣的事，也才知道花式溜冰選手的訓練過程。而這部作品寫得最可圈可點的乃是它描寫兩人合奏的場景。在音樂上，人們常說室內樂是門『知心的音樂』，可以藉著音樂而對話，相互鼓勵、追逐、互補，甚至嬉遊，作者在寫二重奏的場景時，並沒有故意賣弄，卻能把『知心的音樂』這個道理以很扼要清楚的方式呈現了出來。小說裡在描寫合奏拉赫曼尼諾夫所寫的〈VOCALISE〉這個兩人定情的場面時，情與樂交流，無論就感情層次或音樂層次，都表現得很有經典性。沒有相當造詣，是不可能寫到這種境界的。而這首二重奏其實也是在為這部作品定調的記號。

羅蘭巴特曾經說過，人們寫情書，其實就是『我愛你』這句話千千萬萬，永不停止的變奏。因此，羅曼史作品成千上萬，它考驗作者的乃是如何去說愛，以什麼方式與媒介去說愛。《二重奏》能夠以器樂經驗說愛，音樂的道理與感情的道理交融，感情間的互動多出了另一種可以表現細膩深入的界面。小說裡的配角——那個珍阿姨雖然出場不多，但作為音樂老師的她，卻多次表達出這種『知心』的見解。而愛的原點不就是『知心』這兩個字嗎？

《二重奏》以獨特的角度切入愛情問題，把愛寫得更細緻動人，也完全沒有沾染當代寫羅曼史總是要有『軟性色情』的習性，整部作品不帶雜質，都是心與心的對話，它其實已替羅曼史寫作打開了另外的可能性！

評審意見

眾多專業性場景，深細刻繪，節奏徐緩但均具內涵，是一部有品味的愛情小說，讀之如嚼青橄欖，需仔細咀嚼，方知真味。

——司馬中原

不知道為什麼，這小說讓我看哭了——不太容易的事。但，就是有如此魔力，這樣一個看似平常的愛情故事，簡單的情節，不灑狗血也沒有激烈的場面，就是催人熱淚。當然，寫得極好的溜冰與音樂，十分見寫作功力。

——李昂

《二重奏》的故事娓娓道來，但都有一種自己的神韻、節奏與閱讀樂趣。特別是作者以音樂、魔術方塊、溜冰比賽的背景作為襯托，使得這個娓娓道來的故事，有了自己很獨特的風格。

——侯文詠

羅曼史已被寫了好幾百年，而它之所以還能一直繼續，就是在於它不斷與時推移，把各種職業、各種經驗的愛情故事放進來。《二重奏》寫的不只是少男少女的青澀愛情，更重要的是它把溜冰、玩音樂、美國校園生活等放了進來。這使得戀愛互動有了更多實質內涵，戀愛的厚度也大大增加，就羅曼史而論，它是部不可多得之作。

——**南方朔**

音樂與成長和戀愛的結合，表面看起來似乎是淡淡的，卻一直有股纏綿的情意在其間，無法消散，末尾的重大轉折，雖然是容易猜測到的結局，卻仍處理得慘惻哀傷。

——**張曼娟**

簡單的小情人戀史。整體表現自然而真情流露，令人一掬同情之淚。

——**廖輝英**

入圍感言

寫《二重奏》時，只覺得好玩，並沒想過寫完之後下一步是什麼。初稿是用鉛筆在活頁紙上塗塗改改寫成的，厚厚一本，也沒概念到底寫了幾個字。完成後，拿給常在一起念媽媽經的朋友們看，她們一致說：『手稿就拿出來，亂七八糟的，太沒誠意，不看！先找人打字再說。』好不容易找到住在台中的大姊義務幫忙，打成電腦檔才發現竟然有八、九萬字。印了一份（連印第二份都嫌油墨太貴捨不得）給三五好友傳閱，作為打發時間的消遣娛樂之後，就面對電影『Finding Nemo』裡的最後一句話，『Now what?』

首先真得感謝皇冠，要沒這比賽，這個故事大概仍與我過去寫的幾十首歌一樣，全存在電腦裡，到現在都還沒想好要怎麼辦。

其次要感謝大姊，將夾雜錯別字、注音、跳頁符號、連我自己都覺得慘不忍睹的手稿，在幾天內連夜打字兼校稿，比我還認真的把它當作一件著作看待。

最後，也是最重要的，是要感謝老公的愛與耐心。寫作那幾個月像中了邪般，停不下來。家裡又髒又亂，帳單忘了付，小孩放學忘了接，晚餐草草了事。他知道我在忙的一定又像寫歌一樣，不會是什麼『正事』，卻也沒半點怨言。沒有他，就不會有這本書，因為愛情是無法只靠想像的。

〈梁家蕙專訪〉

愛，真摯簡單

《二重奏》一書，圍繞著『吉兒』這名女孩多采多姿的高中生涯為主，藉由男女主角彈奏鋼琴與大提琴，鋪陳出一雙年輕戀人真摯動人的愛情故事。清脆的琴音伴隨著溜冰場上曼妙的舞姿，文字從冰上輕盈滑行、旋轉，訴說著愛情中簡單並且令人暈眩的熱情。又如大提琴沉穩低藹的合音，年輕的戀人共享著生命中心靈最契合的時光。

李昂及張曼娟都表示：『這樣的愛情太簡單，簡單到極為動人。』究竟為什麼，《二重奏》的愛情，可以讓李昂和張曼娟雙雙落淚？

《二重奏》的作者梁家蕙，又有什麼樣令人驚異的背景？

驚異一：昔日電機女，今日女作家

令人不可置信的是，如此感動了台灣文壇兩大女作家的《二重奏》一書的作者梁家蕙，在大學時代讀的是電子工程學系，畢業後在航發中心（航空工業發展中心）設計飛機的電路，並參與我國著名的戰機『IDF』研究發展。梁家蕙一邊工作一邊等男友退伍，三年後，兩人相偕出國唸書。此後，兩人結婚、生下一雙子女、定居美國，自此過著安穩的家庭生活。

一直以來，鎮日與電腦語言為伍的梁家蕙，為什麼會開始想要寫小說呢？（而且還是寫最具挑戰性的長篇小說。）

『寫電腦程式其實非常枯燥無聊，加上孩子慢慢長大，我的上班時間是早上八點到下午五點，根本沒辦法照顧小孩，於是我辭去了電腦公司的工作（反正很無聊）。手上正好有一點閒錢，所以開始投資房地產和租售房子，還做得滿成功的。不過，買賣房子以及商場上的社交，非常不浪漫而且沒氣質，我需要轉換心情，那時開始在腦中構思《二重奏》的小說情節。就在去年耶誕假期，我們全家去滑雪聖地度假，孩子們很興奮，從早滑到晚，家中唯一不會滑雪的我，只好一個人待在旅館，百無聊賴之中，開始著手寫這本小說。』

驚異二：雖是女作家，但是寫中文有困難？

令人真正跌破眼鏡的是，梁家蕙不但從來沒有寫過任何小說的經驗，甚至，由於旅居美國多年，日常生活皆使用英文，要寫出一部幾萬字的中文小說，是相當艱鉅的工作：

『一開始，我打算用英文寫，寫了之後才發現，生活用語也許沒問題，但是離用英文寫作還有一段距離，所以只寫了三、四頁就放棄了。我想，中文還是我比較能掌握的語言，但是很久沒接觸中文，很多字我早就忘記怎麼寫，如果你們看我寫的原稿，八成看不懂，不但錯字很多，而且有很多字都是用注音或羅馬拼音寫成的，有次寫到半夜，一直想不起來某個字怎麼寫，還任性地把先生搖醒：「喂，某某字怎麼寫啊？」先生會很不耐煩：「無聊！睡覺啦！」』

雖然每一個字都是重重關卡，但是梁家蕙鍥而不捨，整整努力了三個月，終於把《二重奏》完成：

『雖然三個月不算長，但是我從早寫到晚，寫作擺第一，其他事情都拋在一旁，家裡亂得可以、貓也忘記餵；還有一次，由於寫得太投入，竟然還忘記去接女兒放學，把她一個人丟在學校好幾個小時……還好我先生非常包容我，當他知道我參加皇冠大眾小說獎的時候，他對我說：「老婆，妳一定會得獎的！」我問：「為什麼？」他說：「這樣我才能省一筆錢幫妳印書——」』

梁家蕙開朗地笑著說：『原來，我先生還想，如果我沒得獎，他要幫我印呢！』

驚異三：我想寫的重點不是愛情！

《二重奏》中的愛情很美，但卻是悲劇收場，梁家蕙本身的愛情有這樣的經驗嗎？

『呵，沒有耶！雖然有人常說，戀愛要多選、多交、多看，但是我很幸運，自從和我先生戀愛之後，我們的愛情或許有些小小的波折，但是我們從沒有想過要分開。』

即使那樣簡單而真摯的情感讓許多人深受感動，男主角被父母當作燙手山芋般對待的際遇也相對令人心酸，梁家蕙對《二重奏》有另一番不同的解讀：

『我寫了溜冰、音樂、魔術方塊來豐富這本書，甚至還有堅貞的愛情，人跟人之間，最偉大的就是愛，愛包含了許多層面，愛情只是其中一種。我真正想寫的主題是「family」；即使是男女主角在談戀愛，兩人的最終目標，也是共組一個「家庭」，然而這對他們來說，竟如此困難，但其實，哪對夫妻不是啊？兩個陌生人光是能相遇就很難了，還要能相戀。現在，美國離婚率非常高，兩對就有一對離婚；我女兒現在十歲，他們班上有一半的人不是跟自己親生父母住在一起，我並不是想批判或討伐離婚，只是想寫出這樣的現象，對小孩子來說，父母離婚之後的生活是這個樣子的，也許讓我們在面對結束一段婚姻的時候，會更惜情而慎重一點。』

驚異四：除了出書，我還想寫暢銷歌！

《二重奏》的女主角吉兒不但是花式溜冰的選手，而且彈得一手好琴，對照現實生活中的梁家蕙，有多少共通之處呢？

梁家蕙透露：『我十歲大的女兒，現在正在接受花式溜冰的訓練，拜女兒所賜，雖然我不會溜冰，但是我常常陪女兒去訓練，變得很會「看」溜冰。最早，我本來是想寫關於「花式溜冰」的兒童讀物，可是上網搜尋，發現美國市面上寫花式溜冰的書不勝枚舉，所以後來轉念：不如來寫小說吧！』

至於梁家蕙本身，自謙會彈『一點』鋼琴，有時候會和鄰居——教大提琴的老師合奏，（能合奏應該不只會『一點』吧？）至於書中男主角挑戰世界紀錄的『魔術方塊』，梁家蕙也能破解。設計戰鬥機電路、同時是個頗成功的房屋仲介商、身兼家庭主婦、會彈鋼琴（還能合奏喔）、會解魔術方塊、第一次寫小說就入圍第七屆台灣皇冠大眾小說獎，梁家蕙可說多采多姿、多才多藝啊！

接下來，梁家蕙還有什麼驚人之舉呢？

『哎呀，我最大的問題就是，入圍了，然後呢……』沉默了一會兒，梁家蕙接著說：『其實啊，我寫了好幾十首歌，苦於沒有地方發表啊……』

梁家蕙憑著一股熱情去做她自己想做的事情，挑戰完全不同的領域，讓生命充實，精采豐富。

作者簡介

梁家蕙。

赴美前曾任電機工程師，於美國修完電腦碩士後，在亞特蘭大一家航空公司寫了八年電腦程式。有天終於想通，宣布離開乏味無趣的科技業，改行賣房子，令許多親友跌破眼鏡。眼看事業才剛上軌道，又玩膩了。最新花樣是在未來幾年內出幾本好看的書，寫幾首暢銷歌。

目前與先生、女兒、兒子和一隻貓，住在美國喬治亞州的阿法瑞塔市。

1.

暑假就快結束了，艾莉和我幾乎整個暑假都耗在溜冰場，早上訓練，下午打工當助理教練，教初學班小孩子溜冰。

艾莉和我九歲就在溜冰場認識，她大我一歲但個子比我還小，金髮綠眼，紅粉的臉頰上有些很可愛的雀斑，嘴角總是不經意地微微翹著，露出一副不服輸的樣子。我們都是四、五歲開始學習花式溜冰，這個運動和一般球類運動不同，不需要團隊合作，總是各練各的，在認識艾莉之前我在冰場並沒有什麼朋友。艾莉活潑開朗，笑聲又尖又亮，很難讓人不注意到她。和一般女孩不同，我們都怕長高，個子高在冰上，就像個子矮在籃球場上，都算是種先天缺陷。艾莉是個天生的跳將，彈性特別好，十歲就已經可以穩穩地做出好幾種兩轉跳躍。由於父親工作關係，從紐澤西州搬來喬治亞，當時我們同在一個叫作賀伯的德國籍教練指導下訓練。賀伯知道我個性害羞，不主動和人隨便說話，特意介紹我們認識。

『吉兒，這是我的新學生叫艾莉，妳們年紀和進度都差不多，可以常在一起練習，互相督促。』

『啊！妳叫吉兒，我剛才在外面看到妳，就好想認識妳。多巧呀！妳像極了我在紐澤西的好朋友蘿拉，她也和妳一樣，是個長髮美麗的東方女孩。噢！我好想念她喲！真高興以後可以常常看到妳，減少我對她的思念。』才一見面她就多愁善感地說了一堆。

『妳讀哪所學校？』我轉移話題地說。

『我不去學校，我上的是家庭教育，媽媽和電腦網路是我的老師，這樣才能專心溜冰呀！』

我當時聽了羨慕不已，怎麼有人這麼幸運可以不用上學，不需要一大清早起床趕校車，也不必整天面對像安德生太太那麼古板又無趣的老師。後來我才發現家庭教育並不比學校輕鬆，作業、報告、檢定考一堆，只是時間上有彈性而已。

因為住得近，媽媽們常輪流接送我們去溜冰場，每到週六，早晨練完後就在她家玩一整個下午。我喜歡在她家玩，她房間裡有好多女孩子的玩意兒，像指甲油、香水和流行雜誌，又沒有討厭的弟弟在一邊煩。媽偶爾也讓我過夜，到週日清晨主日學上課前才接我回去。艾莉是家裡唯一的孩子，而我的玩伴也不多，加上我們從不爭吵或惹事，媽媽們也樂意我們玩在一起。

艾莉到八年級時，由於母親開始工作，終於必須結束家庭教育回到學校，我怕她傷心特地想了許多安慰她的話，結果她不但不難過，反而興奮得不得了。唯一的不便是和我一樣，得在清晨四、五點，天還沒亮、學校上課前到冰場報到，因為中學放學晚，冰場在放學後就不再有花式溜冰的時段，而且我們在下課後還需要參加些配合溜冰的舞蹈、軟身拉筋或體能訓練課程。

『這樣我們不但可以一起練習，還可以在學校碰面。吉兒，妳一定要先告訴我很多有關學校的事，到時才不會看起來不上道。老師很兇嗎？有沒有可愛的男孩？』她一臉期待地說。

艾莉是個自我要求甚高的女孩，賀伯又是個訓練嚴格、心腸剛硬而且脾氣火爆的教練，幾年下來她的進步神速，十四歲就已經檢定到Junior階段，而我早換了教練，因為媽不忍心看我常被賀伯說得淚眼汪汪。

Junior是僅次於溜冰最高階Senior前最後一層，三轉跳躍（Triple Jumps），各種組合旋轉（Combination Spins）及組合兩轉跳躍（Combination Double Jumps）都是必須。艾莉熱愛跳躍，她每天滿腦子想著的都是Triple Axel，那是一個難度極高、正面起跳三圈半、背面著地的跳躍，目前仍未有任何女子選手，在冬季奧運中成功地做出這個動作。她的兩轉Axel已經練得非常穩健，但十四歲的艾莉一點也不滿意，總是在冰場看她口中默默唸著：『Triple Axel，Triple Axel。』

賀伯要她專注在其他必要的三轉跳躍上，例如她不穩的Lutz和Flip，才能早日升級至Senior。艾莉才不買他那套，她的理論是她若在十六歲前跳不出三轉Axel，她將永遠無法跳出。

『Michelle Kwan（關穎珊）和Sasha Cohen等名將也從來沒跳過三轉Axel，仍留名溜冰史。』賀伯試圖說服她。

『我是艾莉！我就要成為第一個在冬季奧運中跳出三轉Axel的選手。』艾莉揚起她不服輸的嘴角。

『那妳也得先取得代表權。Michelle Kwan十四歲，像妳這麼大時，就已不靠三轉Axel取得世界冠軍與奧運代表權。』

『賀伯，你參賽奧運已是三十年前的事，那時連男子組都沒人能做出三轉Axel，現在不同，日本幾個頂尖女子選手都會，只看誰能搶先在奧運上完成。』艾莉不服地說。

賀伯一向不習慣學生頂撞，聽了大為光火，從此完全不教艾莉任何與Axel有關的跳躍，而艾莉則自己練習。在她快滿十六歲的一天早上練習時，艾莉試圖三轉Axel，著地時傷了右腳腳踝。

賀伯和另一個男教練把她小心抬出來，解開她的冰鞋後發現整個腳踝的方向都扭轉了，看來像是骨折。我跪在地上抱著痛哭的她，一邊用借來的電話打給艾莉的媽媽。救護車把她送去醫院，接下來我二十四小時未眠為艾莉祈禱著。她在醫院做了一個手術，還好只是輕微骨折，但肌肉和韌帶受損的部分需要較長時間復原。這個傷讓她足足半年無法穿上冰鞋。

重回冰上的艾莉小心得多，她花了近一年才又恢復原來的水準，而且對於賀伯的話也不再違抗。她勤練那幾個她不穩的三轉跳，仍好強不服輸，但再也沒提Triple Axel的事。

暑假過後我將升上十一年級。

『吉兒，今年將是我們最後一次一起去參加正式比賽，明年我就要上大學，不知到時會去哪兒？讓我們在這最後一年一起進入全國決賽。』艾莉在暑假的最後一天滿懷希望地對我說。

想要進入全國總決賽，必須在東南區分賽中與三十二名選手爭取前四名，取得東區決賽的參賽權，再於東區決賽十六名參賽者中取得前四名，才能晉級。

過去艾莉曾進入過一次東區決賽，得了第十一，而我從來沒脫離東南區分賽。看得出來這是艾莉腳傷復出後第一個重要比賽，她將全力以赴。

2.

學校功課、準備SAT考試（大學申請重要參考之一）、練鋼琴、溜冰訓練把我壓得喘不過氣來。事實上我已經減少一些花在冰上的時間，移到功課上。偶爾很羨慕班上其他的同學，在日常作息表上沒有那麼多忙碌的活動，只要應付一下功課，還有很多時間和朋友鬼混或約會。但每當我在冰上飛快地隨音樂而舞，或在燈光聚焦的演奏台上彈奏令人振奮的曲調時，那些練習的苦都不算什麼了。媽說我從小害羞愛哭，容易不好意思，和陌生人說個話都結結巴巴的（到現在有時還會），但在表演台上，只要別叫我說話，無論是溜冰或彈琴，總是從容自在，從來不讓緊張和害怕的情緒影響我的演出。

剛開學學校舉辦了一個各社團開門展覽，目的是吸引新社員。我和艾莉一向不大參與學校活動，因為實在沒有空閒和精力，但這回艾莉卻拉著我來到一個攤位，『魔術方塊社——報名即獲得一只精美的魔術方塊』，海報上寫著。

『要這玩意兒幹嘛？又不好玩。』我隨意拿起一只在桌上的方塊轉動著。

『這個社團大多由弦樂團的團員組成，社長兼創始人在那兒，聽說他神乎其技，已經快到平均十六秒左右可以解一只，在目前世界排名第四位。』

艾莉指向背著我們正在和別人說話、瘦瘦高高的一個亞裔男孩。

『這東西也有世界排名？妳怎麼知道這麼多？』我好奇地問。

『我已經報名了啦！』艾莉笑著說，拍拍我的肩指向另一個皮膚略黑體格強壯的男孩，『他叫瑞克，剛才我先到時，就是他把我攔下送了我一只方塊，求我參加。吉兒，我怎麼能拒絕他，他的表情那麼誠懇，聲音那麼吸引人，更重要的是他胸部的肌肉那麼結實性感……』

『妳有透視眼啊！隔層衣服還看得到胸部的肌肉，說不定是層肥油呢！』我和艾莉笑成一團。

這時瑞克走向我大聲說：『嗨！吉兒，好久不見，又高了一吋。』

我最恨別人把我當小孩，瞄他一眼沒好氣地說：『好久不見，你也不差，又長了不少贅肉。』

『嘿，俐齒依然不變，妳的朋友荷喜莉小姐已經入社了，妳也參加吧！』瑞克笑著說。

『是艾莉！我看你大腦倒沒長多少。入社後有什麼社員福利嗎？』我笑問。

『福利？沒想過，但一個月十元的社費從下個月開始交。我找社長來解釋一下好了。』

瑞克走後我忍不住大笑，艾莉驚訝地問：『你們認識？』

『幼年玩伴，老欺負我，把我當小孩耍。』

瑞克大我一年級，父母離異前住在我家隔壁。我們從小嬰兒時就玩在一起，我雖然是女孩又小一歲，但運動神經發達，玩打鬥、單車、直排輪從不輸他。後來七、八歲那年他們家搬走時我和弟弟都滿難過的。幾年前，聽媽說他又回來和母親同住，在這附近，直到高中才發現我們在同一個學區。見面時已不如童年時熱絡，但總會互相開個玩笑，消遣兩句。

這時瑞克帶著他們社長過來，他笑著說：『我叫安祖，是快卸任的社長，有什麼可以為兩位小姐效勞的嗎？』

『我們只是想知道一個月十元可以學到什麼？』艾莉問道。

『兩週內學會解六面魔術方塊。當然囉！也得看資質，瑞克搞了一個多月。』

瑞克在旁邊給了他一拳，他哀叫了一聲繼續說：『之後就互相切磋快速解法，單手及蒙眼解法，如果是塊材料，我們幫忙訓練參加比賽。』

這位社長說著頓了一下，盯著我看了一會兒，我有點不好意思，轉過頭拉著艾莉說：『走吧！我不想參加。』

他攔住我們對著我說：『等等，我認識妳。不是的，我是說妳媽，她幫忙替我彈過鋼琴，我還去過妳家練習過一次兩次呢！妳姓張？』

『你是珍阿姨，我指的是貝克太太的學生囉？我不記得見過你。』我回答說。

他的眼睛圓圓大大的，削尖的臉型讓他看起來更瘦，比我剛才從背後看起來還高，或許是因為和艾莉站在一起，她還不到他的下巴呢。只要輕輕一笑就露出兩個深深的酒窩。

『我也沒見過妳，只見過妳的照片，妳家鋼琴旁書架上那張。』安祖答道。

『啊！那是好多年前拍的，你竟然認得出。』我驚訝地說。

『沒變多少囉！』他隨意說說，就轉去和艾莉一一介紹魔術方塊的種類，瑞克也加入解說的行列，他們搬出一大堆各種方塊，有大到5×5、小到2×2，還有各種變形的，他們沒完沒了的向艾莉有說有笑地示範著玩法。

我躲在艾莉後面，心裡一陣氣憤，不知怎麼我總對於這成長發育事特別敏感。艾莉只大我一歲，雖然矮我半個頭，一臉成熟嫵媚，配合自然捲的金髮，隨便穿件緊身短上衣和牛仔褲，看起來像極了二十多歲的年輕女人，哪像我怎麼看都還是個小孩：直直過肩的長髮，不是放下來就是高高地在後面紮成馬尾，媽說什麼都不讓我染染燙燙，弄些變化。身材就更別提了，一點也不像艾莉那樣凹凸有致。那張放在鋼琴旁的照片，是幾年前我溜冰得獎時站在領獎台上照的，穿的是緊身溜冰短裙，完全還看不出發育，這句『沒變多少』聽在我的耳中，真不是滋味。

在艾莉慫恿下，無精打采地報名領了一只方塊。瞧著手上這只方塊笑著搖搖頭，實在無法理解這東西有什麼好比賽的。這就是啦！外人同樣也無法理解，溜冰和鋼琴有什麼好比的，人就是愛比來比去。

每週四下午有一個多小時的社團活動，果然如同安祖所說，我和艾莉在兩週之內已經學會解六面標準3×3方塊，只是速度很慢至少得花上十幾二十分鐘。對初學者來說，基本上先解一面帶一層，再用口訣及記憶解第二層及第三層。至於進階快速解法，則是在解第一層時，同時考慮第二、三層，而且方塊不是用轉的，是用手指最後兩節去彈動它，前後左右，任何方向，他們可以一彈就讓它準準轉一面。

艾莉總在找機會纏著瑞克，而安祖看來對艾莉照顧挺周到的，總是親自教授。唉！沒想到艾莉終究還是會為了男孩冷落好友，我心裡暗暗地氣著瑞克和安祖，讓艾莉忙得沒空理我。既然來了我也不想閒著，拉著另一個十二年級的高手可琳教我快速解法。愈玩愈有興趣，坐車、吃飯、任何時候手閒著就勤練，短短幾週已經能在兩分鐘內解出，而且那招『彈指轉』兩、三下就被我學會，運用自如。

『彈鋼琴的手指果然靈活，再傳妳幾招，保證很快可以縮短到半分鐘內，就有參賽資格啦。』安祖看我進步神速。

『我對比賽沒興趣。喂，等等，你怎麼知道我彈鋼琴？』我問。

『還說對比賽沒興趣，貝克太太說妳上個月參加喬治亞州鋼琴比賽得獎，恭喜恭喜。』

『多謝！尾獎，沒什麼好提的，珍阿姨沒事幹嘛告訴你？』

安祖從背包拿出一本譜。

『她說妳媽最近事業愈做愈大，沒空理我，要我問妳可不可以幫個忙？』

我翻看一下，是首熱情活潑的義大利〈塔倫塔拉舞曲〉，鋼琴的部分不難，大提琴部分倒是挺複雜的。

『什麼時候？什麼場合？』我問。

『週六晚上，阿爾法市政府，為高中音樂教育募款餐會。學校臨時通知，樂團指導老師決定派我去。』安祖答道。

『下週六？那還好嘛！有一整週練練。』

『不！就是後天。妳若不幫忙，我只好一個人上去拉支催眠曲。』安祖悲慘地說。

3.

媽從小習琴，得過無數比賽獎項，聽外婆說，她在七歲時就曾與洛杉磯交響樂團演出過莫札特的鋼琴協奏曲。他們對她期望很大，一心栽培，然而她在大學時，名校音樂系讀了一年後，發現她對鋼琴並沒有那種可以一生投入的熱情，如此下去最多當個鋼琴老師，乏味透頂，於是私下轉學商，到畢業才告訴家人。為此外婆、外公有好幾年不太和她說話，直到外公去世，她才慢慢和外婆偶爾來往。媽結婚時，外婆把媽從小彈的那台六尺多的平台大鋼琴從遙遠的加州運來當禮物，讓媽感動不已。她以為那台琴早被外公拆了當柴燒了，沒想到保持得和新的一樣。

媽除了教我和弟弟彈以外，很少自己彈著玩，我想她童年習琴的過程可能並不愉快，因此對我和吉米從不苛求，學就教，不學就拉倒。小吉米在六歲時就鄭重宣布和鋼琴絕緣，而我卻一直很有興趣，不是對音樂，而是針對樂器本身。彈琴只是另一種挑戰，我愛彈又難又快的曲子，也愛參加比賽。鋼琴比賽對我來說就像體育競賽，是比快、比手指靈活的，至於它的藝術層面，才懶得多下工夫呢！我寧可花時間勤練手指技巧，也不要用盡耐性在複雜的情緒表現。我喜歡巴洛克曲風的明快華麗、貝多芬奏鳴曲和蕭邦舞曲的陽剛熱情。但像夜曲、羅曼詩、敘事或幻想曲，那種慢吞吞、陰柔細膩、意識含糊不清的東西就很不合我的格調，怎麼都彈不來。

珍阿姨就常說我彈琴手指技巧一流，視譜超快，活潑熱情有餘，溫柔感性不足，缺乏心靈與音樂的共鳴。

『要是戀愛過，彈起來可能會有點感情，都怪媽不准。』我嚮往地說著。

珍阿姨以她一向不苟言笑的語氣回答：『胡扯！妳小說、電影也看不少，沒點想像力嗎？況且我說的感情又不只是針對男女愛情，世間萬物和人生，都可以用音樂去想像、去表達。別把它只當成個手指運動，當它是種超越時空的語言。除了妳最擅長表達的喜悅和興奮，它還能傳述心傷、失落、期盼、欲望、恬靜、悔恨、憤怒、感激和滿足。妳所有的心思和情緒都可以交給它。』

『問題就在哪來那麼多種心思和情緒？要是親身經歷過真正的愛情，那可就不同了！』我嘆道。

珍阿姨是我們的鄰居，也是媽最好的朋友，就住在斜對門的小坡上。她的身材高大壯碩，眼睛和頭髮都是怪嚴肅的淡灰色的，小時候我好怕她。她年輕時在幾個知名的交響樂團當過大提琴手，結婚生子之後，就在家收學生教琴，媽常幫她或是她的學生在音樂會上伴奏鋼琴。

珍阿姨替我和安祖安排在週六下午先在家練習，再開車送我們去。他們一起由珍阿姨家走過來時，安祖已經穿好了上台的服裝，深黑的長褲和襯衫、皮鞋，還掛著條領帶，看來滿正式的，珍阿姨說那是個晚宴，穿得要像樣點。

我彈個低音A讓他調弦，他的音感很好，隨手拉了首練習手指的熱身曲後，我們就開始練這首〈塔倫塔拉舞曲〉。它的旋律可愛輕快，正合我的胃口。因為速度變化不大，才走兩、三遍我們就配合得沒什麼破綻了。我把鋼琴部分彈得亮麗流暢，珍阿姨似乎很滿意，反而嫌安祖拉得太柔和，不時地在旁提醒他，要熱情、野性些。

『安祖，怎麼這麼小心翼翼，被她牽著走？怕什麼呢？你不是這樣的。你得領著她，讓她配合你。這是首提琴曲，主旋律大部分在你手上，別被她搶去。吉兒雖然不好惹，也不會吃了你。』

我笑了出來，安祖從一進門就好像到處不對勁，挺不自在，珍阿姨故意這麼說讓他輕鬆些。這人有毛病啊！媽不是幫他彈過？又不是第一次來家裡，緊張什麼？

我們又試了一、兩次，稍有改善，最後時間有限，只好決定收斂我的鋼琴部分，免得把大提琴的聲音壓著走。短時間要讓像木頭般的人變得熱情、野性，那是不可能的。

收好琴，他們先走回珍阿姨家，留給我十分鐘換裝，再來接我。

我選了一件暗酒紅色、連身無袖長度至腳跟的小禮服，上了點淡妝，頭髮直直地放下來，穿上半高跟的鞋讓自己顯得高點。偷噴了兩下媽的香水出門時，他們已經在外頭等著，安祖坐在珍阿姨車的後座，看我一出來，立刻跳下來替我打開前座的車門。

『外套呢？晚上回來會變冷。』珍阿姨從車裡喊著，口氣和媽一樣。

我又跑進去拿，再出來時，安祖等在門口台階上，把我手上的外套和譜接了過去，我背向他鎖著大門。

『噢！妳令我無法呼吸。』安祖近乎耳語地在我身後說。

『抱歉，不小心香水噴太多，連我自己都快窒息了。』

『謝謝妳為我做這些。』

他今天的聲音和他的琴聲一樣柔和，我平常很少和他單獨說話，有點緊張。和他一起走回車上，我們目光不時相遇，但又很快地笑著避開。上車前我故意輕鬆地說：『別美啦！才不是為你呢，我有表演狂，你不知道嗎？』

現場很多政要、市長、校長、工商名人，演出節目全由市區幾所高中學生提供，有樂器、歌唱、舞蹈、雜耍、魔術等，娛樂效果十足。

我們排在第二位出場，所以一開始就在後台準備，我低著頭不安地走來走去。

『妳還好嗎？看起來好緊張。』安祖問。

『不要和我說話！』我繼續低頭走來走去。

安祖彎下頭來拉著我的手說：『手這麼冰，怎麼彈琴？』

我把他溫熱的手甩開火大地說：『告訴過你不要和我說話，再碰我一下你就自己一個人上去！』他驚訝得愣在那兒。

我繼續來回走著。其實我有嚴重的舞台恐懼，媽甚至帶我去求醫過，奇怪的是症狀只出現在上台前的等待期間，心理醫生稱它為『台前焦慮症』，一旦看到聚光燈，聽到群眾的聲音，情緒可以立刻緩和，恢復正常，甚至享受表演的氣氛和感覺。

這時珍阿姨把安祖叫開：『你別理她，她演出經驗不比你少，每次在後台都神經兮兮的，一上去就全不一樣。你顧好你自己就行啦！』

臨上台前安祖把袖子捲得高高的，他不喜歡手腕上有東西，這點倒和我一樣，我彈琴從來不穿長袖。我們演奏得很流暢，完全沒有錯誤，謝場時，他也不忘用手勢介紹躲在鋼琴後的我，台風挺不錯的嘛！

表演節目完後，我們並未留下來晚餐，因為我明天一大早還要溜冰。

『艾莉和妳一起嗎？』

『是啊！從九歲起。』

他問了一大堆有關於艾莉的事，直到我懶得再多說。

『我們正在準備一個很重要的花式溜冰比賽，如果能夠擠入前四名，就可以在全國比賽中上電視啦！』

4.

今年的東區決賽將輪到亞特蘭大花式溜冰會社主辦。之前在佛羅里達州坦帕市舉行的東南區分賽中，艾莉取得了Junior級的第一位，而我卻失望地獲得我這級Novice的第五，但幾週後又得到通知前四位中有人受傷退出，因此很僥倖的後補進入下一輪東區決賽。這次由我和艾莉所屬的溜冰會社主辦，地點就在我們平常訓練的場地，艾莉興奮地告訴我：『吉兒，妳說這是不是天助呢？』

自從那天幫了安祖的忙，發現他纏艾莉纏得更緊，就連中午吃飯都常跑來和我們坐在一起。他們同年為十二年級，許多他們談的我都搭不上，像申請學校和課堂上的事。我大多在一旁聽著倒也不覺得無聊，艾莉話最多，平常我們在一起也大多是她說我聽。安祖從不主動找我說句話，偶爾不經意和他眼神交會，他總是立刻避開，好像我真會吃人似的。

上高中以來，艾莉和我不再有空閒在溜冰和學校以外時間一起玩樂，她身旁常有些男孩，卻從不當我是燈泡嫌我礙事，大概因為沒一個專心交往。我知道這些完全不懂花式溜冰的男孩很難讓她動心，但不了解的是，即然不認真，為什麼老是和他們親親熱熱地糾纏不清？

『我喜歡被男孩圍繞著的感覺。』她告訴我，讓我想到《飄》裡面年輕的思嘉莉。

十一月初，天氣轉涼，離比賽只剩一週，我卻生了重感冒，在家休息了兩天後才回學校。我刻意離艾莉遠遠的，怕她在這重要時刻也像我一樣，我知道這次比賽對她有多重要。艾莉很擔心，每天打電話問候我。

『比賽前一週的狀況最重要了，而妳已經四、五天沒上冰場，醫生怎麼說？』艾莉緊張地問。

『一碰冷空氣就會咳不停，如果情況不好只好退出啦！別擔心，對於自己不能決定的事，就只好認命，為我祈禱！』我試著以平靜的心情說：『對我而言，參賽本身就是個撿來的機會。』

『對我，卻是一生夢想的開端。』艾莉說的時候，思緒已經飄浮在好高好遠的地方。

離比賽不到兩天的星期一，我才重回冰上，全身仍軟弱無力，教練要我集中注意力在動作與音樂的流暢，所有的跳躍都暫時以一轉帶過。

艾莉的短曲和長曲都設計得別具企圖心，難度很高而且充滿冒險動作，她把這兩支舞表現得雖不完美，但並沒有太多錯誤，就在東南區比賽時取得第一。而我由於之前生病，教練又臨時把我的長短曲改得更保守，只留下一個比較有把握的三轉Salchow跳躍。

我全身冷得發抖，就是熱不起來，小腿都快抽筋了，練不到一個小時就不得已走出場，外面暖多了。媽還要一個小時後才會來接我，感覺全身痠痛，四肢無力，在大廳拉了一張長椅到牆邊，冰鞋都懶得脫，就縮在長椅上倚著牆昏睡去。只聽到有人在搖我的肩膀。

『吉兒，醒醒、醒醒……』

我吃力地睜開眼睛，是安祖。

『妳看起來糟透了，病還沒好就來練習？』安祖關心地說。

『你怎麼在這？』我迷糊地問。

『艾莉告訴我她會來，我很想看看妳們溜冰。』安祖回答。

我心想，不是『我們』，只有艾莉吧！我看了一下時間。

『她還在裡面，你可以直接進去看。』

『我先送妳回去。喔！好熱呀！』他用手背輕輕地摸了一下我的額頭和臉頰。

我回他一個感激的微笑說：『我媽再一會兒就到，我想再睡一下，離遠點別被傳染了。』

他把外套脫下來，替我蓋著，拉了張椅子坐在我身旁。

『我在這陪妳，把鞋帶鬆開……』其餘我就聽不太清楚了，又昏睡過去。

媽一來就直接把我帶去醫院，原來的感冒變成了肺炎，醫生立即替我掛上抗生素。我失望地看著媽撥電話給教練，告訴她我得退出比賽。

原本艾莉和我都已請了幾天假，學校對於學生參加重要比賽一向很配合。週三的早上，我一個人在家養病，心情煩悶極了，這本是我短曲上場的時候。門鈴響起，是蘇俄籍的教練安娜來了，我迎接她進來。

『吉兒，好些了嗎？』

『都快瘋啦！原以為我是全世界最幸運的人，沒想到卻被好運捉弄了。我從來不指望能得名次，光是參加，就已經能讓我在未來的日子裡回味不已，還有什麼比這更令人失望的呢？』

她溫柔地坐在我身旁，輕摟著我的肩，說了一個故事。

『十九歲那年，沙維和我第一次進入國家代表隊，被指派參加歐洲盃，我們短曲表現得完美無瑕，而且成功地做出三轉Axel拋擲跳躍，當時以第一位成績，暫時領先。』她的思緒回到十多年前。

我只知道她曾是蘇俄國家級雙人溜冰選手，從來沒聽她提起過搭檔的事。

『沙維和我十歲起開始搭檔，他個性積極，手臂自幼強而有力，開始練的幾年，我常被他摔傷。有次我們在練習一個單手推舉動作時發生失誤，我的頭直接摔在冰上，當場失去知覺，醒來時已在醫院。那次很幸運，只有輕微外傷和腦震盪且一個月左右就復原，並無其他嚴重傷害，但我花了近半年才克服心理障礙重回冰上，而沙維更是自責不已。後來在練習時，他特別注意我的安全，也因此我開始信任他，慢慢的把自己放心地交給他，隨後我們進步神速。他是個很有野心和夢想的人，而我只想藉溜冰看看世界，離開成長的城市。那年歐洲盃是我們第一次參加重要國際比賽，我們長曲設計得很困難，但由於身心都處於極佳的狀態，之前練習也都很順利，媒體對我們奪冠最有信心，而就在比賽那天早上我接到通知，我們參賽資格被取消了。』

『發生什麼事？』我瞪大眼睛問。

『沙維的類固醇檢驗呈陽性反應，而且他承認服用禁藥。』

『我的天！妳從不知？』我問。

『沙維是個很複雜的人，和他共同訓練多年，很少真正打入他的個人生活。我很高興他勇敢承認錯誤，並不試圖掩飾。他被禁賽兩年，那時我傷心的不只是比賽不能繼續，而是我的事業到此結束，因為沙維立刻宣布退休。

『我花了一、兩年，仍找不到新的搭檔，也只好放棄。後來我加入職業巡迴表演，認識在電視台工作的丈夫，移居至此。

『吉兒，妳才十六歲，未來生命中，有很多更令人興奮的事情等著發生在妳的身上，也會有更令人失望的事，這就是人生。還好人不像花草樹木，年復一年重複著一樣的週期，多乏味，不是嗎？』

看她把這麼痛苦的往事講得如此輕鬆，一定是她說的『興奮的事』所帶來的喜悅，讓她走出灰暗的記憶。什麼樣興奮的事會發生在我的身上呢？下一次比賽嗎？

媽和安祖都去看了艾莉的短曲，跳得並不算好，兩個失誤讓她排名落至第六，好在分數都差距不多，長曲的占分大，是可以補回來的。

週五，我已可以回學校上課，和安祖約好下課直接去冰場，艾莉長曲六點開始比賽。我們到時，艾莉也剛到，正在換裝。由於三天前的抗生素已讓我不具傳染力，我立刻進去幫她，她一見到我馬上擁抱著我。

『為妳擔心死了，怎麼幾天就瘦了一圈？』

我幫她綁頭上的髻和配合的髮飾。她美極了，這身藍色的露肩短裙在裙襬及背後鑲滿了無數大小透明水晶，性感又不失典雅。艾莉的媽媽幫她化好妝後，她就和教練到舞蹈室做地板熱身，時間控制得剛好，離上場四十分鐘。

沒什麼可以再幫忙，我和安祖就先進去找了位子坐下。不時有些常一起練習的女孩和她們的爸媽過來安慰我、替我打氣，我輕鬆地告訴他們我沒事，要他們明年在這場比賽中幫我加油。

場中正在進行的是Junior雙人組長曲決賽，看著他們有的才十四、五歲就已能做出一些危險的拋擲和推舉動作，讓我突然想到安娜那天說的故事，眼睛不知不覺地紅了起來。

『真的沒事？』安祖看我神情感傷。

『你說呢？眼看已經握在手中的一點點夢想就這麼一鬆手讓它給溜了，下次的機會不知道在哪兒，或許再也不會有下一次。』我環抱著臂失望地說著，瞇著眼仍注視著場中的比賽，藉此分神不讓沒用的眼淚掉出來。

『吉兒……』

他大概想要安慰我，找不出話，沉默了一會兒說：『病好了嗎？』

『差不多了，體力還沒恢復。啊！忘了謝謝你那天照顧我，媽說你一直在我旁邊等到她來，其實你不用理我的，還好沒把細菌傳給你。』

『要不是我坐在那兒擋著，妳不曉得從椅子上翻下來幾次了。』

我笑了出來。

上一場比賽已結束，水車緩緩開出來，把冰面重新刷平，裁判更換上場。艾莉運氣不錯，八人一組比賽，她抽到第三順序。太晚上場不但冰況不好，而且肌肉在等待中很容易涼下來。一開始先是四分鐘熱身，同一組八個人全部上場練習，通常我們會把幾個關鍵的動作在這時做一次，好熟悉冰況及做最後姿勢調整。艾莉的長曲我已經看了幾百遍，什麼時候該做什麼動作倒背如流，我一面向安祖解釋著，一面在外喊著替艾莉打氣。她是觀眾席的最愛，因為主場今年只有我和艾莉進入東區決賽，其他全是外地來的。

我知道她幾天前練習時，兩轉Axel有些不順，而三轉Lutz與二轉Toe Loop組合轉跳也不穩，熱身時她順利地做出這兩個動作時，我高興得跳了起來，然而卻在她一向很有把握的三轉Flip跳躍，跌落在冰上，安祖嚇了一跳緊張地站起來。

『她沒事的。』我拉他坐下。這樣的摔跌我們平常練習每天也要來個三、五次，不要緊，令人擔心的是她無法完成這個重要的動作。

『她得再試一次，如果再不成，可能會臨時改成兩轉，這樣很危險，因為她的短曲搞砸了，長曲在難度上沒有太多簡化空間，除非大家都失誤。』我憂心地告訴安祖。

再試一次仍不能單腳落地，我看出她在起跳前由正向用右腳刀緣撥滑成反向時，身體並未保持筆直就急著用冰鞋的鞋尖點冰起跳，造成旋轉不平衡，想來賀伯也看出，只聽見他在場外大叫：『妳急什麼？起跳太快了，身體拉直再起腳！』

我不知道她在想什麼，竟會一再發生像這樣很不典型的錯誤，照她這樣跳，連兩轉都不一定能安全著地，這好像是在初級比賽中才看得到的錯誤。艾莉多年來一直努力想要克服的毛病似乎又犯了：在重要比賽因注意力不集中而發生狀況。是比賽經驗不足還是求勝心太強壓力太大？

這時四分鐘已到，艾莉沒有機會再試一次，她沮喪地下來，抱著頭走出場外，十分懊惱。

安祖想走下去，我擋住他，拉他坐下。

『這時候連艾莉的爸媽都派不上用場，只有教練才能幫她。賀伯很有經驗，而且教艾莉已七、八年，他有辦法的。』

透過玻璃窗，只見賀伯在一旁兇惡地說著艾莉，艾莉摀著耳朵。我猜想，他想要艾莉改跳兩轉。過了一會兒，看他們擁抱在一起，顯然達成共識。艾莉情緒很快回復平靜露出笑容，不愧是個優秀的運動員，情緒收放自如。

前面兩個女孩表現不差，我開始為艾莉擔心。終於輪到她出場，她先在場邊和教練做最後心理建設，場中播報出她的名字時，她從容地喝口水，過了四、五秒才出場，優雅地張開雙臂向觀眾稍微致意，轉了一周才滑到場中間擺好姿勢，風度很迷人。

她用的音樂，是出自義大利作家莫利康，為電影『新天堂樂園』的配樂，感情豐富且不難表達。音樂一出，就是開場兩轉Axel，做得完美無瑕，著地時，單腳倒後溜，直接轉成一個美麗的倒行燕子飛。我佩服得心想，光是這一個動作，就夠我練一年，還不一定做得出來，能夠在一個高難度跳躍後仍維持倒退的速度，需要在右腳尖著地時瞬間讓身體平衡後，立刻將重心轉至冰刀邊緣，才不會慢下來，這非常不容易，若無強大的小腿韌力與超級的平衡感是別想做到的。後面三轉、二轉組合及三轉Lutz都做得乾淨俐落，無論起跳的準備和跳躍的高度都抓得剛剛好。

中間有一段的確讓我捏把冷汗，她把弧形混合舞步線條不小心預估得太大，腳尖險些碰到裁判那端的牆，差點造成犯規。

音樂下半段慢慢接近三轉Flip跳躍時，我開始全身緊張，不顧後面人的抗議站了起來，由誇大的準備動作，我知道她仍要嘗試三轉。正向，滑成逆向，啊！一樣的錯誤，還是早了一點，而這次她右腳尖在點冰起跳時，角度整個不對。由於跳躍的高度不夠，跌在地上，我清楚地看到她的腳踝仍在試圖著地時被身體重力壓迫扭轉了一圈。通常在練習時像這樣高度不足的情況，我們會立即放棄著地的意圖，將右腳膝蓋彎曲以大腿外側旋轉落地，避免腳骨或關節受傷。這次艾莉明知不可能仍奮力到底。

『啊！我想她受傷了，老地方。』我拉著安祖離開座位，向下面選手退場的出口方向快速走去。

她仍有一個組合旋轉才結束，原以為她會退出比賽，沒想到她仍勉強跳著，臉上表情極為痛苦。她受傷的是在右腳，就很聰明地把原來左右互換的旋轉簡化成只用左腳，這減少了難度，但至少完成了比賽。

音樂一結束，她連行禮都省了就用單腳痛苦地滑出場，全場為她的勇氣鼓掌了好久。一離開冰，她就疼痛得叫了出來，賀伯和安祖一人一邊把她抱出來。我替她小心解開冰鞋時，艾莉母親在旁心疼地說：『媽可憐的好女兒。』

『又是右腳踝，好怕又得療傷好幾個月。』她忍著淚水，疼痛讓她的聲音斷斷續續的。

『正好休息一段時間，媽再也不忍心看妳這樣把身體都弄壞了。瞧妳，平時即使不帶傷也總是處於滿身疼痛的狀態。好孩子，我不要妳把自己逼出病。』她母親心疼地說。

『媽妳不了解，妳不會了解的。』艾莉終於忍不住趴在桌上哭著說：『我怎麼能在這時候休息？』

『賀伯，我覺得她前面表現極好，共完成了三個三轉跳，只在最後失掉一個轉跳和半個旋轉，你覺得呢？』我問她的教練。

『得看其他人囉！希望不是沒有。』賀伯冷靜地說。

艾莉睜大了眼睛，堅持要等成績出來才去醫院，我們就替她先冰敷。

等了近一個小時，所有人跳完後，成績才出來。我和安祖擠近公布成績的牆邊，失望地看到，雖然她的長曲獲得第四，但與短曲分數合加後第五。艾莉又難過得大哭，就差那麼一點，進入全國比賽的機會又沒了。我替她冰著腳，心裡反而鬆了一口氣，若勉強負傷參賽，後果難以想像，有人因此結束溜冰生涯，甚至造成終身運動傷殘。

我安慰著艾莉，什麼都沒說，只是抱著她，親著她的頭髮和臉頰。直到他們準備好車，送她去醫院檢查。

艾莉的腳傷不輕，醫生還沒決定是否需要再一次手術，但至少兩、三個月不能練習。對一個溜冰選手來說，只要三、四天沒練，身體就很難回復正常的速度感和協調性，那就是為什麼我們很少出城旅行，偶爾出遠門，也帶著冰鞋抽空在當地的冰場稍微練習。兩、三個月不練，可以讓之前好不容易獲得的一些突破又回到原點。我可以了解她有多煩悶，只要有空就陪著她，她的右腳暫時不能受力，只好用一支拐杖幫忙走路。我們平常很少有時間像其他女孩逛街買東西，週末媽特地送我們去購物城逛，我讓她坐在借來的輪椅上到處推著跑。

『吉兒，慢點，以後推嬰兒車也像這樣？』艾莉笑到眼淚都出來了。

『我才不要Baby呢！記不記得以前說過，長大後我們倆要住在一起，彼此照顧，一起溜冰、讀書或工作，一直到老，誰都不許戀愛、結婚或為了男孩拋棄對方。』我認真地說。

『當然記得，再也找不到比妳更了解我的人了。說實話我很喜歡和可愛的男孩在一起，但從來沒人真正知道我的想法，或許因為我也懶得用心去認識他們。吉兒，妳若是個男孩就好了。』

我一邊玩弄著她美麗的金髮一面說：『我還真想當男孩呢！媽管我管得比弟弟嚴得多。瞧！出來混一會兒時間就到了，她的車大概已在門口等著我們。』

5.

寒假快結束，剛過完新年時，社團裡將舉辦一項很盛大的活動：安祖將嘗試破金氏紀錄，在二十四小時內解超越三三九〇個魔術方塊，也就是平均每二十六秒得解一個。這次只是試跑，在可琳家的地下室舉行，全程將由兩台攝影機二十四小時錄影，若成績超越目前紀錄，錄影帶將送去金氏紀錄協會審查。由於安祖已是世界排名前四名，小有知名度，審查後，他們將派裁判及工作人員，安排下一次正式破紀錄活動。

全社除安祖外一共動員七名社員，同時五人在場幫忙，一人顧攝影機和安祖飲食，三人負責把安祖解好的方塊弄亂，一人專門計數，兩人可以輪休。我們在前兩天照這樣模式先做三小時試跑，安祖共解了五〇三個，讓大家信心大增，但我們也知道前三小時是精神狀態最好的時段，後面的效率一定慢慢下降。

我一開始就不喜歡這個主意，二十四小時不吃不睡，解到手指發麻，好殘忍，只為破一個紀錄。

『別小看破紀錄這件事，多少人為了破百米賽跑世界紀錄而日夜苦練，這是很偉大的事。』艾莉興奮地繼續說：『如果我可以成為第一個在奧運完成三轉Axel的女運動員，我願意付出一切啊！二十四小時算什麼！』
艾莉的說法不能說服我，就直接問安祖。
『留名在金氏紀錄上真的那麼重要嗎？』我問。
安祖聳聳肩笑道：『嗯，不知道。』
『如果不為破紀錄，有什麼值得讓你做這樣嘗試？多辛苦啊！我想都不敢多想，你有可能弄出毛病！』我擔心地說。
『多謝關心。我一向佩服那些向人類體能和耐力極限挑戰的人，那也是為什麼我喜歡長跑，解二十四小時魔術方塊可以讓我向耐力和注意力的極限推進。妳放心，我會量力，但我很有信心可以完成目標。』
『目標？』我問。
『三五〇〇個。』
我們一大早八點就聚集在可琳家，計畫總裁是新任社長強納生，他一一檢查攝影機、三十幾只魔術方塊、水、食物及計時器，然後把大家的工作排班表詳細解釋一遍，就張貼在牆上，預定十點開始。我們設定兩台數字時鐘，一個正數，一個倒數。可琳的爸媽特地請了假留下來照顧我們一整天。

安祖九點左右才到，穿著很寬鬆的T恤和牛仔褲，還揹了他的大提琴。他在地下室逛了一圈，一切都很滿意，只交代暖氣太強，就上去客廳，拉起琴來。除了還沒走的爸媽們，沒人有閒情聽他拉琴，聽他們在樓上有說有笑的，想來他心情很輕鬆。強納生把重要的項目再次提醒一遍，尤其要大家再練習把方塊弄亂幾次。弄亂方塊也有一定的法則，而且必須在攝影機拍攝角度裡，否則，解出的方塊不能算有效。

還差十五分鐘時，安祖終於下樓，和每個人一一握手致謝，尤其是強納生，好像戰士出征前和家人道別一樣。做了簡單熱身體操，就在大家既興奮又緊張的心情下，強納生大喊：『準備，計時開始。』同時按下兩只計時器。

我和幾位解方塊速度較快的社員，被安排在把方塊弄亂的一組，事實上安祖解的速度比我們弄亂還快，因為每弄亂一只還得花個十幾秒檢查是否合乎『亂法則』。艾莉和瑞克輪班照顧安祖，他的食物很簡單，只有幾罐高能量的液體和水。大部分的時候，他並不需要人照顧，艾莉就過來幫我們弄亂方塊。

才幾個小時，我自己拇指已經磨得需要貼張繃帶，才能繼續工作。安祖的進度比預期超前一點，他聚精會神很少說話，偶爾起來邊走邊解，或暫停幾秒鐘喝口水、伸展四肢。我坐在他桌子的對面，手上一邊弄亂方塊，一邊觀察他的解法，原則上和我大致一樣，但細節與可琳教我的多些變化，很多情況我得正、反來回轉上七、八次才能移動的方格，他只需三、四次，而且同時讓下一個方格移到比較容易的位置。速度太快我沒辦法看清他轉動的步驟，但有一點可以肯定，要把一個方格移動到某一個位置，而且不破壞已完成的部分，至少有兩種以上的轉法，至於用哪一種則看如何對下一格有利。才看一會兒我的眼睛都快花了，我發現他的手掌大，手指特別長，而且靈活有力，想到上次我替他彈琴時，珍阿姨稱他有『神奇手指』，有些曲子連她都沒法將把位變換得這麼快。我看得好羨慕，媽說我彈鋼琴最大的先天缺陷，就是手太小，她可以輕鬆的彈到十度而我連九度都有問題，一定是遺傳爸的。不知道爸的手長什麼樣子，真的一點印象都沒有，連長相都記不完整，更別提手。吉米就快十五歲了，這兩年開始愈來愈像大人，我常會用他來想像爸的神情和說話的樣子，只要努力地去除他的蠻橫霸道和小氣，爸應該是個挺有趣的人。想得出神，強納生在我肩上搖了一下。『去休息一下，我接妳的班。』

『你去接可琳的，我不累。』我回答後繼續工作，一邊看著安祖，仍想弄清楚他到底是怎麼解的，不知不覺我的手也跟著他的步驟轉著，還真被我會出一點心得。

他突然嘴角一笑，瞄我一眼。『別一直盯著我，害我分心，改天教妳就是！』

久久沒說話突然冒出這一句，雖然很小聲，可是大家都聽到了。我不好意思地說：『實在很抱歉。』臉頰一陣紅熱，連忙換位子到他背後的沙發椅上。

他立刻把手上解了一半的方塊扔在桌上轉過頭來，對著我說：『不不不！我才抱歉，沒有怪妳的意思，真的！』他一副很緊張的樣子。

我急著說：『哎呀！別為我停下來。』

這時大家都注意到他停了下來，所有的眼睛都瞧向這裡。他撿起那只做了一半的方塊繼續轉著一邊說：『原諒我！』

我笑著說：『又沒生你的氣。專心點，別多說話，你落後了啦！』

這時，強納生遞了一瓶水給我，命令地說：『休息十分鐘。』然後轉向安祖：『你慢下來了，這個小時比原定落後二十個。』安祖吸了口氣，又開始振作。

我走到另一個房間喝著水，強納生跟了過來，肯定要來怪我擾亂安祖。

『妳沒吃午餐吧！不餓嗎？我看妳連續六個小時都沒休息，吃點東西吧！』

這個房間的桌上堆滿了食物和飲料，地上有許多抱枕給體力不支的人用的，才幾個小時還沒人倒下。我很驚訝強納生竟然沒說什麼責備我的話。他和我同是十一年級，據說他才學解魔術方塊不到半年就已經可以在三十秒內完成，幾個月前，安祖開車載他一起參加在奧蘭多市舉辦的一個國際比賽，就是那次安祖在3×3及4×4各得第一，而且在3×3組的成績十六秒讓他排名世界第四，而強納生是全社除安祖外唯一有參賽資格的。一頭深褐色鬈髮，看起來應是猶太人，他在學校的成績很好，主要科目都已經跳級在修大學先修課了，除此之外，我對他一無所知，甚至沒說過幾句話。

我倒了一杯牛奶，又揀了一個小蘋果啃著。強納生接著說：『安祖把他所有的解法都教給我了，我還在網路上找了些更有效率的方法，妳若有興趣，開學後我可以教妳。』

他說話的時候，站在我背後離得很近，讓我神經緊張，一不小心打翻桌上的半杯牛奶。

『啊！今天老是惹事，真不好意思。』我道歉地說，一邊拿紙巾擦著，他趕快幫忙，我們一起跪在地上用紙吸收潑灑在地毯上的牛奶，起來時，我的頭又敲到桌邊。

他趕緊問：『妳還好吧？』

我不禁大笑出來，一邊用手按著頭說：『敲一下清醒多了。』

他看我沒事，也陪我坐在地上笑著。我很少看他笑，印象中，他滿嚴肅的。

『你應該常笑的，你笑的樣子比平常可愛多了！』我邊笑邊說。

他突然一雙大眼盯著我說：『妳笑或不笑都滿可愛的。』

他這一說讓我神經又緊張起來。我把桌上收拾乾淨，就催著他回去。他把可琳換了下來，我特別坐得離安祖遠遠的。瑞克正在計數，一副無聊透頂的樣子，而艾莉應該要照顧安祖的，反而都在照顧瑞克，一會拿水給他，一會拿吃的，因為安祖幾乎不需要人照顧，他看來尚未有任何疲態。可琳的爸媽進來問我們有沒有需要什麼，他們可以去店裡幫我們買的，一時大家七嘴八舌列了一堆垃圾食物，除了安祖外，其他的人像在開派對一樣。

到了晚上，安祖已經連續解了十二個小時的方塊，表情愈來愈呆滯，兩個大拇指已經磨掉一層皮，只好和我一樣貼上薄繃帶。一開始不順手，慢了下來，但一會兒就習慣了。

媽也來看了一下，和可琳的媽聊了一會就走了。臨走前，交代我要他別勉強，傷了手指不能拉琴那就可惜了。媽以前曾提過，她曾幫珍阿姨一個很有天分的小孩彈過琴，後來才知道說的就是安祖。聽媽這麼一說，我想到他早上剛來時，還帶著琴來拉了幾分鐘，難道他也擔心手指受傷，以後就不能再拉琴？

到了半夜，已經有人慢慢不支，強納生要大家輪流小睡一下，安祖仍努力地一個個解著，只是不時甩甩手臂及扭動脖子，或揉眼睛。艾莉有時會在後面幫他按摩肩膀和背，我從來不知道，艾莉和安祖之間是怎麼回事，有時候有禮貌得簡直不像朋友，不久前甚至完全不講話，見面還假裝沒看見。最近又熱絡得很，打打鬧鬧、嘻嘻哈哈的。我和艾莉雖是好朋友，但感情方面的事，如果對方不說，我們很少主動問。艾莉是個個性很直率的女孩，心中有事若不告訴我，會令她很痛苦，十四歲那年她初戀一個男孩，就把初吻的經驗，仔仔細細地全說給我聽，害我被她那完全不浪漫的情節，嚇了好幾年。我確認，至少她和安祖之間沒什麼令人心碎的事情，否則她的憂傷一定躲不過我的眼睛。一、兩年前，她曾單戀過溜冰場一個溜雙人的男孩，那時，她好羨慕那和他搭檔的女孩，但其實他們並不是情侶。

『吉兒，妳覺得我改練雙人怎麼樣？』

『妳太老了。』我大笑地說：『而且，人家為什麼要換搭檔？』

『哦！只要想著與他合著音樂在冰上舞著、牽著、擁抱著、旋轉著，就會讓我血脈擴張、心跳加快，妳相信凱倫和他在一起練了好幾年卻對他一點興趣都沒有？一定是他不喜歡她。』

我笑著，聽她一廂情願地說著。

後來她和那男孩，果然有進展，兩人同進同出了一、兩個星期，艾莉告訴我，他吻了她，好美好熱情，聽得我都快醉了，她要我閉上眼睛，她用他吻她的樣子，短短地吻了我一下，然後問我感覺如何。

『就這樣？和我想像的差好多，這也叫熱情？』我失望地說。

『如果是妳喜歡的男孩就不一樣啦！』

過了一星期艾莉就傷心地告訴我，她被甩了。

『發生了什麼事？』我驚訝地問。

『他和前任女友復合了，和我在一起只是為了氣她。吉兒，我覺得自己笨透了！』

她哭訴著，我好心疼地聽著。世上怎麼有這麼可恨的人？

『聽著，艾莉，』我替她擦著淚說：『他配不上妳，值得妳愛的男孩還在未來某處等著妳呢！別難過嘛！』

難道這男孩是瑞克？不，瑞克長得真的很好看，身材又好，可是實在幼稚無聊，簡直是個長不大的孩子。或是安祖？他們看起來滿配的，有陣子安祖不是追艾莉追得很勤？唉！不知為什麼每次想到他們的事，就會令我好心煩。

半夜四點，安祖的進度比他的目標慢了六十多個，艾莉和瑞克都一一倒下，我和可琳，一邊忙著弄亂方塊，一邊注意著安祖。我替他快速換手上快磨破的繃帶，發現他的拇指不只是破皮而已，已經滲出血來，而且兩根無名指也破了，我看了難過地問：『一定得繼續嗎？』

『如果妳叫我停。』他簡單地說。

『別開玩笑，我對你可沒影響力。記得你說過會量力，別硬撐。』

我替他包好最後一根手指，他又開始轉動方塊，一邊說：『這與妳和艾莉在冰場上忍受的疼痛沒得比吧！』

我會意一笑，除了父母和教練，很少人了解花式溜冰訓練的苦。別看我們在比賽或表演時，穿著光鮮亮麗的裙子飛舞著，一副輕鬆自在，其實每一個跳躍，都是摔了幾千次才學來的，隨時身上總有一、兩處瘀青，練到某個程度每個人都動過手術。我十三歲那年，就因練習三轉跳摔傷膝蓋，進了手術室。

『那就看你想要的是什麼，和有多想要囉！』我隨口說著。

他聽完愣了一下，我趕快離開，免得又干擾他。

清晨七點多，強納生開始不時在安祖旁邊加油、打氣，他比預定目標落後約一百個。之前，他好像胃不舒服，在廁所吐了兩次，一定是他們為他設計的『特餐』有問題，所以後來除了水什麼都不敢餵，他本來皮膚就特別白，現在臉色更嚇人，可琳爸媽開始擔心，進進出出地不停探看他的健康情況，而他也一再重複著說，他沒事要大家放心。看來強納生倒挺相信他的話，要他加速，因為時間不多了，只剩最後一小時。眼看要達到他的目標已不大可能，但仍有機會破三三九〇紀錄，他已經完成了三三七八個。我在打亂方塊時，發現方塊上有些血跡，心想不好，果然，他的繃帶已經都掉了，傷口也擴大了些，我指給強納生看，但強納生卻認為，只剩一個小時而且尚未超越紀錄，不能停下來包紮，除非他自己提出。

我向可琳要了些紙巾和藥用酒精，把每一個打亂後的方塊，消毒後再傳給他，免得傷口感染。他若無其事一只、一只的解著，我想他的手指可能早就痲木沒有知覺了。強納生和安祖不時地看鐘和計數器，好像最後一個小時過得特別快，而我看著他滿手的血痕卻覺得每一分鐘都過得好慢，真希望現在就結束。

終於在還剩十五分鐘時，安祖的計數器計到三三九〇，強納生喊了一聲，讓大家注意，安祖做完下一個時，一群人歡呼了起來，他和強納生用力地擁抱，然後繼續直到倒數的計時器響起。

時間到時，他共完成三四二七個，安祖精疲力竭地向大家道謝，每個人都高興得尖叫，只有我滿心擔憂他的手指，想起媽說的話。他最大的傷口在右手拇指內側，啊！那不是握弓最用力的地方？

大家在旁七嘴八舌的，強納生把所有的錄影帶收集好，討論著下一步計畫。我突然想到，還有下一輪！一邊用消毒藥水擦拭他的傷口，一邊看著染著血跡的一塊塊棉花，視線愈來愈模糊，還好他正靠在沙發上閉目休息，我側過頭偷偷擦了下眼淚，替他包好時，他輕輕按了一下我的手。

『別擔心！』他有氣無力地說。

『你睡一會，我得先走。』

每個人都累壞了。一出可琳家的大門，刺眼的陽光令人頭昏，在車上媽好奇地問了一堆，『嘿！又不是妳在解方塊，怎麼幾根手指都破皮啦？』

我實在懶得回答就睡著了。

6.

開學後，功課愈來愈忙，為準備期末前SAT考試，每週有兩天得多留在學校兩小時。數學一向令我頭大，有時甚至得硬著頭皮請教吉米，他雖然才九年級，但數學卻連跳兩級，和我的進度一致，這點我真是一點也沒遺傳到有工程博士學位的爸爸。艾莉雖然大我一歲，但是一點幫助都沒有。

『都怪連續三年數學老師又年輕又迷人，害我無法集中注意力。』她總有些奇怪藉口。

社團集會時，強納生總是很勤快地主動教我新鮮的解法。

『真希望數學也像解魔術方塊簡單。』我嘆道。

『妳願意的話，我可以充當妳的私人補習老師，別的我或許不行，從小到大我的數學跳級不講，還從沒拿過+A以外的成績。』他自豪地說。

這點我相信，其實這麼說還是謙虛呢！他每一科都很棒，去年就已經提早考過SAT，而且成績在全校前十名。

『私人老師不敢勞駕，可以讓我在社團活動時，問幾個問題就好了。』終於找到救星，老是問弟弟是件很沒面子的事，尤其他那張嘴，總是邊解釋邊嘲笑。

此後社團活動彷彿變成我每週多出來的數學課，強納生不但講解我的問題，還列出我需要多讀的章節，找題目讓我練習。有時中午吃飯，也會坐到我旁邊，順便考我幾個問題，我若說不出解法，他就掏出筆，在紙巾上仔細地寫下方法，讓我帶回去研究。

強納生是性情簡單的人，他對我的心意，連艾莉都看得出。

『要是有人這樣不厭其煩地教我，讓我數學起死回生，我可以考慮和他約會。』艾莉一旁煽動地說。

我才警覺到這樣接受強納生的服務或許誤導了他，對他實在不公平，就直接告訴他：『真不該麻煩你教我，如果因此不小心誤送訊息，讓你以為我對你有意，請你原諒。你是我的好朋友，我佩服而且崇拜你，但永遠不可能愛上你，我們完全不同型。』

他聽了一臉黯然，低頭思考了幾秒鐘，馬上回復他一向充滿自信的神情說道：『教妳，是因為和妳在一起很開心，請妳別拒絕。至於妳會不會愛上我？』他笑了出來，露出了一個頑皮的表情，我有點不好意思的覺得可能會錯意了，他卻一下子變得很認真地說：『吉兒，不要說永遠，更別要說不可能，有一天妳會變，我可以等。』

我閉著眼睛深深吸口氣，想要平緩加速的心跳。他又露出微笑輕鬆地說：『在那之前，我們只是朋友，別忘了回家把機率學所有公式背起來，明天中午小考。』

我的心裡多少有點感動，畢竟他是第一個追求我的男孩，我告訴了艾莉。

『好浪漫啊！感覺如何？』她把雙手握在胸前搖著頭說。

『什麼感覺？除了抱歉，還是抱歉呀！』我嘆道。

『他看起來不錯啊！是乏味了點，但吉兒，感情是可以培養的，說不定讓他追久了，妳就投降啦！』

我搖頭笑道：『艾莉，不可能就是不可能嘛！他就是沒法走進我的心裡，我們簡直是不同星球的生物。』

『心裡有別人？』艾莉調皮地說。

我笑著搖頭。『能在我心裡的人，需要了解我，一個眼神來往就可以交換心意。』

『這點我能體會，要找到了解我的人真不容易。』艾莉贊同地說。

『要能讓我為他牽掛，為他嫉妒，為他朝思暮想。在心靈上要能引領我，令我愛慕，偶爾還要帶點浪漫的神祕，令我猜不透。』

『喔！好玄哪，我的就實際得多，長得一定要像樣。』艾莉笑著說。

『別打岔，還沒完呢！他要珍惜我、疼愛我、分享我的喜憂，尊重我的想法，願意為了與我終守一生而放棄理想，若是有一天讓我找到了他，說什麼都不會離開他的。』

我想到爸去世前，和媽為了工作分離的那幾年，兩人日子一定都不好過，若早知道他會走得那麼突然，他們一定會把握每一分鐘，至死不分離。

艾莉聽了笑道：『妳真貪心，我看妳這輩子別指望戀愛啦！妳心中的完美情人住在幻想小屋裡，不在現實世界。』

『我寧可永遠在我的幻想小屋裡，用想像愛著我的完美情人，也不要在現實世界中隨便將就一個。』

不知為何，正說的時候，安祖的影子突然閃進腦海裡，自己都嚇了一跳，不禁笑了笑。他離我的『標準』還遠得很呢。不過，自從那二十四小時破紀錄活動後，他的確令我牽掛了好一陣。剛開學時，他還在社團出現過幾次，後來聽強納生說，他放棄正式破紀錄的機會，就沒再看到他了。

『想想，上次的工夫全白費啦！我還替他寄了錄影帶，金氏紀錄協會已經開始安排正式活動的日期，他們甚至願意派一組人來學校辦呢！』強納生不平地說。

我倒鬆了一口氣。想知道他手指恢復的情形，就向珍阿姨探詢。

『他最近和妳詹姆叔叔的一個學生在練一首很困難的曲子，二月底將在市政府辦的音樂節上演出。』

詹姆叔叔是珍阿姨的丈夫，是曾留學奧地利的低音大提琴家，也是喬州弦樂教育的總監，每年音樂節活動都是由他策劃的。

我從沒聽過大提琴和低音大提琴合奏的聲音，很好奇。想到他又在練琴，可見手指沒事了。

『玩低音大提琴的女孩多嗎？』我問珍阿姨。

『不多，詹姆的確有兩個拉得還行的女學生，其他全是男孩。這次和安祖一起練習的是個在艾默利大學音樂系的學生，人又高又壯，是詹姆學生中，數一數二優秀的，低音提琴在他的手中，就像大提琴在妳手中一樣，沒那麼龐大。』

7.

情人節那天，強納生在中午午餐時，送了我一大盒巧克力，一枝玫瑰和一張卡片，東西留下沒說什麼就走了。艾莉坐在我的對面，故作一副很陶醉的表情，我一看強納生已離開，就拿那枝玫瑰，敲著她的頭，然後兩人笑成一團。

『好啦！好啦！這實在太不厚道。』我收斂著說。

『巧克力妳不要的話，我拿去送瑞克。』

『別鬧了！萬一他待會拿去社團請大夥吃，給強納生看到，我就完了。』

我帶著強納生送的禮物先回到我在走廊上的置物櫥，正開著鎖，一抬頭，安祖正半靠著櫃子，站在我旁邊，嚇了我一跳，一個多月沒看到他了。

『喔！送我的嗎？』他看著我夾在手臂裡的巧克力。

『別想！來自我的祕密仰慕者。』我笑咪咪地把它抱在懷裡說。

『強納生這小子實在遜，他不知道妳不能吃甜食嗎？這東西難免被妳給扔了。』他笑道。

他知道我和艾莉，由於配合溜冰訓練，飲食限制很多。

『那不關你的事，我就是看著也高興，拜託別再提起他。』被他說穿了，我只好聳聳肩說。

我不知道為什麼，對他說話沒好氣的。他從背包裡拿出一個牛皮紙袋包起來的東西，遞給我說：『感謝妳上回替我彈琴。』

『幾百年前的事，我都快忘了。』我打量著那包東西。

『我也是，那時在網路上訂購的，現在才寄到。』

『對了，這也是給妳的。』他從口袋裡掏出兩張票。

『是什麼？』

『音樂節弦樂晚會的票，妳的珍阿姨要表演。』

他並沒提他自己也要表演的事，我就假裝不知。

『你不去嗎？幹嘛把票送給我？』

『你帶強納生一起去，他需要點音樂薰陶，和妳在一起的話題可以多一點。』他又露出那種帶點嘲弄的笑容。

『多虧你這麼周到，我怎麼沒想到呢？和他共賞現場音樂，多羅曼蒂克啊！最好曲目裡有些浪漫小曲。』我故意這麼說著。他和他的搭檔要演出的，正是羅西尼的〈羅曼史組曲〉。另一張票，明明是給媽，因為珍阿姨也要表演。叫他別提強納生，為什麼又拿他出來消遣，不管強納生了不了解我，至少對我是一片真心。

『妳該不會真的請他去？這票不是免費的耶！別糟蹋。』

我從他手裡把那兩張票抽了過來說：『是我的了，我愛請誰就請誰囉！多謝了。』

我轉身把一堆東西全堆進置物櫥中，再把下一堂課要用的書拿出來，用背一靠把它又鎖了回去。

『陪妳走到教室。』他無奈地笑了一笑說。

『最近都在做什麼？好久沒看到你了。』我問。

『練琴啊！一下課就直接回去練琴，妳呢？』

『補習數學啊！快考SAT，好煩啊！』

『難怪強納生有機會。』他隨口說著。

我瞪了他一眼，他連忙推著手，說了聲抱歉，我順勢抓起他的右手翻轉著看了兩眼。

『復原很快嘛！還以為你的手廢了呢！害我白擔心，聽說你不打算再來一遍。』

『免得妳又白擔心一次呀！妳哭的樣子怪可怕的。』

啊！原來那天我不小心掉眼淚被他看見了。

『真的是為了我放棄的嗎？我那天實在不該去的，攪亂你的決心。』我後悔地說。

『開玩笑的！不為了妳，倒是為了妳說的一句話。』

『哪句？不記得了。』我想不起來說了什麼可以改變他計畫的話。

『妳說：「值不值得忍受痛苦去完成一件事，在於這件事本身對你的意義，和你想要它的程度」。』

『哦！我指的是溜冰，隨口說說，你當真。』我記得他是提到溜冰忍受的痛苦。

『這句話從那時就停在我的腦中，後來我終於明白，再來一遍，不但沒意義，成果也並不是我多想要的，不值得讓你們再陪著我精神折磨一整天。』

這時已經走到教室門口，他看著我進去才離開。

下課後，一到校車上，我馬上拆開那包牛皮紙袋包裹，裡面是張CD，法國作曲家，拉維爾寫的〈戴尼斯與克洛伊〉（Daphnis et Chloe），原為芭蕾舞劇的配樂，但因本身樂曲豐富，又有優美的人聲合音，常在音樂會上，以不帶舞蹈的方式出現。這首我並不陌生，不但看過現場芭蕾舞劇，一、兩年前，還差點用其中的一段剪成我溜冰長曲的配樂。

低頭看著它，心想他送我這張CD，只是因為它音樂優美，還是別有用意？一想到戴尼斯與克洛伊的劇情，我的心跳一下子重重加快。

戴尼斯與克洛伊是兩個被遺棄在海島上的孤兒，分別被島上牧羊人領養。從小戴尼斯常與克洛伊玩在一起並教她吹短笛，成長後的克洛伊愛上了戴尼斯，在大草原上圍繞著他舞著她最美的姿態向他獻愛，然而戴尼斯卻被其他牧羊女困惑，誤以為是心愛的克洛伊。就在這時克洛伊被海盜擄了去，消失在戴尼斯的眼前。戴尼斯痛苦欲絕的在草原上找尋克洛伊七天七夜，精疲力竭的倒了下來，感動了天神，派使者救出克洛伊。清晨尚未破曉時，牧羊人在草原上找到垂死的戴尼斯，叫醒了他，把克洛伊毫髮無傷的交給他，戴尼斯神奇地活了回來，整個舞劇在兩人美麗的共舞和牧羊人歡樂的祝福中結束。

我不敢把那張CD放入唱盤中，它全在述說愛情，從相戀、困惑、無奈、遺憾、分離，到重聚，我好怕音樂讓自己陷入擾人的幻想世界。他實在令人心煩，為什麼不直接送盒巧克力來得清楚明白？明知道我聽得懂，特別選這張曖昧不明的東西，到底是他含蓄表達，還是我純粹多心？拿出口袋裡的兩張票，『讓強納生伴我去，試探他的反應。』我心裡想。

正巧珍阿姨也給了媽兩張票，她請了她的好朋友保羅。我告訴媽，我請了強納生作伴，感謝他幫我補習數學。

『妳拿安祖送妳的票感謝強納生？』媽不以為然地說。

『弟弟還不是拿強納生送我的巧克力送給他的小女朋友米妮？』我笑著說。

『妳還說，這又是妳不對，妳連附在上面的小卡都懶得拆下來。吉米，傻乎乎的也沒注意，就裝在一個漂亮的禮物袋中送給米妮，後來可有趣，卡片是這樣寫的。

吉兒：

在這等著妳。

J

我一陣臉紅。強納生的卡片全世界都看過，就除了我，真是太對不起他。

『啊！吉米的縮寫也是J。』我急著告訴媽。

『還用妳說！米妮哭得好傷心，以為吉米有一堆小女朋友，不小心送錯了呢！』

『怎麼辦呢？吉米該告訴她實話呀。』

『吉米是硬著頭皮全告訴她了，她哪裡相信事情那麼巧，妳最好幫他打個電話，證實他有個叫吉兒的姊姊。』

『他怎麼不來找我幫忙？』我問。

『他覺得自己活該，轉送禮物沒有誠意。』

8.

強納生穿著西裝褲、白襯衫，還打了個領帶，配上他圓圓細邊眼鏡，看起來文質彬彬的。我刻意穿上正式的黑色半短裙小禮服，把頭髮梳成高高的髻，打上淡妝還借了一對媽不常戴的藍寶石耳環。

『行啦！又不是去表演，也不是多正式的音樂會，來不及啦！』媽催促著我，她和保羅都穿著簡單的深色長褲和毛衣。

音樂會在鎮上文化中心小演奏廳舉行，場地不大，只能容納四、五百人，但內部構造很精緻，廳內像一個露天城堡。挑高的深藍色半圓屋頂上閃著可愛的星光，舞台設計像是古代的競技場，立體的球型背景讓聲音達到最佳效果。演奏廳外面有個不算小的大廳，我順手取了本節目單，媽和珍阿姨夫婦聊著，我和強納生在大廳的沙發上坐下，打開節目單，一一解釋節目給強納生聽，發現安祖的節目在下半場。

『妳美極了，我在作夢嗎？』他顯然沒專心在聽我講解。

『千萬別誤會，找你來是因為要感謝你教授數學的辛勞，多一張票扔了也可惜。』我冷冷地說。

『那何必為我打扮得這麼迷人呢？』他仍陶醉不已地說。

『別自以為是啦！我有說過是為你嗎？請你把注意力放在今晚的節目好嗎？』我有些後悔請他一起來。

『嗨！安祖，好久不見。』強納生站起來用力和他握手，拍著他的肩。

安祖介紹他的搭檔讓我們認識，他果然高大壯碩。

『邁可，這位是向你提過的朋友，吉兒·張。』

『幸會！』

我伸出手，他並未握著，而是把我的手拉著在唇上像英國紳士般的輕吻一下。

『美麗的小姐，待會結束時，可以約妳出去吃點東西嗎？』

我笑了出來，安祖接著他的話說：『那得看這位男士同不同意啦，這位是強納生·班諾，吉兒的男朋友。』

我聽了吃了一驚，半張著嘴，下巴差點掉下來，滿眼憤恨不可思議地看著他，強納生也愣了一下。

他們禮貌地握手，我努力在臉上堆回笑容，做口深呼吸，好讓聲音聽起來不像整個人就要爆炸，挽著強納生的手臂親熱地說：『親愛的，咱們進去吧！別耽誤這兩位男士後台準備。』

強納生竟乘機順勢緊摟著我的腰說：『妳說得對，甜心。兩位告辭了。』一進去我就氣沖沖地甩開強納生的手，他還故作一副無辜相。很快找到位置坐定，我看到媽和保羅在我們右前方好幾排，還好沒在我們附近。

我不發一語，環抱雙手面無表情呆坐著。

『假裝一下我的女朋友就氣成這樣？』強納生調侃地說。

『不要跟我說話，我保證你再出聲，我就和保羅換位子。』

他笑著，無聲地說句：『好嘛！』

節目很快開始，全是弦樂器室內樂，由於目的在推廣古典音樂教育，曲目大多耳熟能詳，或者表演方式特別。像珍阿姨就請了一位年輕美麗的豎琴手與她的大提琴合奏三首法國鄉村民謠，在上半場結束前把全場帶入夢境般的溫柔世界。她們的音樂讓我情緒稍微緩和。

中場休息，強納生才剛離開坐位，耳邊就傳來：『吉兒，對不起！』

我正要回頭，他按著我的肩說：『別回頭，我不敢面對妳。』

『我不懂，為什麼這樣對我？』我傷心地嘆了口氣。

『妳讓我心碎，但那不是理由。我的行為實在太惡劣，如果妳不接受我的道歉，我也能了解。』

『何必道歉呢？你又沒說錯，強納生也沒什麼不好，我就順你的意，和他在一起，高興了吧！』

『嘿！千萬別這樣。那小子快回來，我得閃了，給我一次機會，待會我會看著妳，如果妳決定原諒我，就對我笑一笑，只要輕輕一笑。』

他在我後肩上留下一個吻，匆匆離開。

我低頭閉眼，想著他的話，手輕輕撫著肩。原本已經決定，這輩子都不再理會他。聽他說得真誠，開始有些心軟。

『這無賴又來惹妳？別理他，他壞透了。』強納生已坐下，以為我又在生氣，調皮地說，顯然他回來時遇到安祖。

『你比他好嗎？』

『至少對妳百依百順，從不故意氣妳。瞧！要我當妳男朋友，我就全力配合。』『還說你沒氣我，誰讓你摟我的腰？還那麼緊，真是無恥！』

『真正男女朋友還不只這樣呢！』他用兩手比著兩個嘴巴親吻的樣子。

我被他逗得笑出來。

『其實妳生氣的樣子滿好看的，不曉得哭起來怎麼樣，安祖應該再努力一點把妳惹哭，我就可以好好的安慰妳。』

我想到安祖說我哭的樣子很可怕，不禁又笑出來。

『強納生，我們可以做很好的朋友，只要你別老胡思亂想。』

『妳真相信世界上有正常男人，可以做妳「很好」的普通朋友？』

『安祖啊！曾經是。』我說的時候心裡掠過一絲失落，該原諒他嗎？想到他對我的羞辱，不禁又血氣上升。

下半場節目全是由學生提供，先是姊弟檔鋼琴和小提琴合奏，十歲和十二歲，演出有模有樣。

媽當年送吉米去珍阿姨那兒學大提琴時，是否也幻想有一天，我們姊弟可以聯合演出？只可惜小吉米只花三個月，就把媽和珍阿姨的耐心一一打敗，最後在從珍阿姨家走回家的路上，不小心跌一跤，把租來的琴也給毀了。

接著安祖和邁可從後台出來，安祖坐著，邁可在左後方用站的，低音提琴在他手下果然如珍阿姨說的，變小許多。他們帶了一支譜架，放在安祖左前方，顯然他得翻譜，邁可手沒那麼長，我猜那譜是邁可的，安祖記譜很強，從沒看他演出不背譜的。

他們一坐定互相點個頭立刻開始，輕鬆的快板，兩個人都很愉快的樣子。安祖不停的微笑看著我，我用手托著臉，無趣地看著他。他果然不需看譜，偶爾看一眼左手按弦位置，或替邁可翻譜，其餘時間都往這裡看，有時故作一副可憐樣滿臉抱歉，嘴裡還默唸著對不起，我怕被他逗笑，乾脆把眼睛閉起來。

音樂轉成如歌的慢板，邁可個頭雖大，琴音倒挺柔美，突顯大提琴浪漫的主題旋律。安祖把樂句線條做得誇大而且充滿張力，對愛情的渴望，從他的弦上泉湧而出，我睜開眼看著他，他表情認真，不再逗笑，隨著他自己的音樂有時輕吟微笑、有時閉眼，好像在向我訴說著一個神祕愛情故事，我不禁紅著臉，全世界都聽到了呀！

這時邁可開始不安，我猜該翻譜了，安祖沒理他，仍看著我，我聽得出邁可勉強瞎編和著，斷斷續續的，臉上還裝著一副陶醉的樣子，我再也忍不住的笑出來，他立刻回我一個會意的笑，在間接處趕緊翻頁，可憐的邁可若無其事的努力尋找譜的位置。剩餘部分他們才開始真正認真拉琴，最後一段兩人快速交錯音符，配合得聽不出是兩個不同樂器發出的，看起來是花了不少的時間練習。我對邁可感到很抱歉。

他們一結束換場時，強納生就站起身，『得出去透透氣。』

我也跟著出去，他未在大廳停下來，直接走出整個建築物的大門。

『外套呢？』他問。

『忘了拿。』我有忘東西的壞習慣。

『那進去吧！』他說。

『不冷，我習慣了。』

雖然才二月底，今晚的確不如往常冷，但我穿著半短裙，還露出半個肩，如果不活動，在這不到十度氣溫，可能也耗不久。

『穿上。』他把他手上的外套扔過來，用命令式的口氣說。

強納生是個有領導天分的人，每次他用這種認真口氣，我總是乖乖聽話，並不覺得生氣也不會抗拒，那也是為什麼我數學已有明顯進步。穿著他的外套，我們沿著人行道慢慢走著。

『吉兒，我對妳已經徹底放棄。』

『我的數學真的沒救啦？』

他輕輕一笑。

『是妳的心，它一直無可救藥的跟著那個傢伙。我想妳說得對，妳一輩子都不會對我動心。』

讓人把心裡的事，這樣明明白白的說穿很不舒服。

『別亂說，我們只是朋友，和他之間什麼事都沒有。』我辯解著。

『他呀，我是不清楚。但妳，光是妳看著他的神情，自從上回在可琳家我就察覺到，就不是普通朋友之間有的那種愛慕和牽牽掛掛，讓我看得好不服氣，他到底哪點值得妳那麼關心？』

我在門口台階上坐下，想著他的話。

『噢！強納生，我不知道，我自己也分不清。我總是拿對艾莉和對他比較，我也關心艾莉，有時也嫉妒艾莉的其他朋友，若一段時間沒見也會想念，但不同的是，艾莉不會讓我心思煩躁，艾莉不會讓我突然想到時，臉紅心跳。』

我老實地告訴強納生。不知如何，他讓我覺得很安全，可以大膽的說。

『妳戀愛啦！自己竟然不曉得。這不是我對妳放棄的原因，妳早就戀著他，我也知道，今晚我發現你們之間有種讓人猜不透的語言，不可思議！』

『不可思議？』

『妳知道我的意思，妳可能不了解那有多難得，我至今尚未碰到有人和我，可以用心靈溝通的，就像我們倆，有時即使語言都不見得管用。』

我笑了出來，說道：『你說得真玄，我甚至不明白他對我的心意，我以為我們有溝通障礙。你認識他比較久，對他知道的多嗎？』

『沒比妳多多少，瞧！我就不知道他琴拉得這麼好。他幼時曾上住宿學校，聽說後來迷失過一段時間，平時總一副遊戲人間凡事無所謂。不過他的脾氣和耐性倒比妳好得多，沒妳那麼容易生氣，不難相處。』

我笑著敲了他一下，他繼續說：『那回和他開了個大老遠去參加比賽，嘿！比完就走，連獎都沒領，說浪費時間懶得等，害人家還得寄到學校。本來我們看好他可以拚世界排名第一的，他平常練習就已達十四秒左右，那回他前三只都在十五秒內完成，第四只花了十九秒，那也不打緊，最快與最慢兩只不記分，第五只竟然失誤，轉一半手滑，落在桌上，花了二十一秒。多替他惋惜啊！他自己倒一點都不在意，反而對成績挺滿意的，也不再參賽，好沒鬥志。至於他對妳有沒有情意天曉得，就像妳也不讓人知道，不是嗎？只是妳隱瞞的功夫不大行。唉！妳就只愛聽有關他的事，我寧願和妳討論數學。』

『其實你看起來呆，對人觀察卻很仔細，像是個戀愛高手，說話很哲學喲！』

『不瞞妳，是有幾次失敗的經驗，瞧！這回又出局了。』

我和他一路說笑著回去，心想數學老師正式辭職。

9.

每年春天，珍阿姨都會為她的大提琴學生舉辦學生演奏會，過去媽常幫她的孩子們伴奏鋼琴，這兩年她事業愈來愈忙，只偶爾替她少數幾個程度好的學生彈彈。

『吉兒，想打工賺些零用嗎？』晚餐後媽問我。

『幫忙照顧對面那對魔鬼雙胞胎嗎？這種血汗錢不賺也罷，上回把我整得好慘，他們爸媽才一出門，湯米就把整籠小鳥放出來滿天飛，提姆還養了隻好可怕的大蜥蜴，故意拉出來放在客廳裡嚇我。妳問吉米有沒有興趣。』

我想到就心有餘悸，那對雙胞胎才七歲，壞點子好多。

『不是的，珍阿姨問妳有沒有空替她的學生彈鋼琴，需要占用妳兩個週六下午；一次排演，一次正式音樂會。當然啦！事先得練所有的譜。』

『所有的譜？她有二、三十個學生耶！我哪練得完？』

『別緊張，譜都在這，妳瞧！除了兩、三首得花點工夫，其他我看妳連練都不必，簡單到可以直接視譜彈，還有重複的。正好也給妳個機會練習合奏，她有幾個程度不錯的學生。』

我翻看幾眼，果然容易。哈！這遠比看小孩有趣，而且酬勞好得多。

自從上回音樂節，一個多星期沒看到安祖。這人到底什麼意思？明明說我讓他心碎，吻了我的肩還千方百計求我原諒，之後又突然消失。艾莉說她遇過一種男孩，很會說些簡單，但讓女孩回味無窮的話，妳以為他為妳心動，其實他對所有認識的女孩都這樣，自以為浪漫。難道她說的是安祖？啊！安祖不是追求過她？愈想愈心煩，他不像這樣的人呀！還是我年紀太小，對男孩認識不清？他令我好困惑，為什麼不能明白地告訴我他心裡到底是怎麼想？

下午收拾背包趕去坐校車時，在走廊上碰到安祖，匆匆交給我一份譜。

『聽說妳幫忙彈琴？貝克太太要我們另外繳伴奏費用，這點呀妳媽比妳好得多。』安祖笑道。

『這就是我們母女不同的地方，我不做慈善事業。』我一邊翻看譜，接著說：『你的費用得加倍，這譜不好彈呀！』

他選的是一首蘇俄作曲家拉赫曼尼諾夫，為大提琴與鋼琴寫的單曲，叫做〈VOCALISE〉。過去練過幾首拉赫曼尼諾夫寫的鋼琴練習曲，沒一首簡單。我快步地帶著譜去趕車，聽他在後面喊著：『週六下午排演見。』

珍阿姨給每個學生十分鐘排練，從初學拉〈小星星〉的，到進階巴哈，布拉姆斯、聖賞都有，有的只有六、七歲，有的已是祖母級，很有趣。整個下午排練下來，把我們倆累壞了，快結束時，才想到安祖一直沒出現，我還沒開口問，珍阿姨反而先說：『安祖沒在學校和妳說過他不能來嗎？』

『可能曲子太難，沒練好不敢來。』我笑道。

我告訴珍阿姨這首〈VOCALISE〉鋼琴部分技巧不算難，但不易表現，一不小心就像死板板的在打節拍，珍阿姨建議由她和我先練一遍。

曲調速度不快，雖然浪漫優美，但過於灰暗，很不對我的味，簡直悶死了。珍阿姨感情豐富時快、時慢的，讓我跟得手忙腳亂，花了好一會才配合得像個樣子，珍阿姨用她和學生說話的口吻說：『吉兒，這首是很深奧的曲子，要用心去彈，光照譜是不成的，尤其在第一個反覆後那幾個小節，提琴與鋼琴的對話，默契不好的話，聽起來像吵架。』

我不禁笑出來。和珍阿姨，從小看我到大的都沒默契，何況他，這回連排練都沒來，到時可能不只像吵架而已。

週二午餐時，安祖問我下課後，是否可以直接到家裡練習，我可以搭他車回家。

安祖是少數有車階級，雖然他那輛舊車跑不快，朋友們還是喜歡和他在一起，因為行動自由，不必靠爸媽接送。

『搭你便車就不必了，你知道我媽不讓我搭同學的車，來家裡可以，媽今天在家上班。』媽也從不讓我在她不在的時候帶同學回家。

搭校車返家十分鐘後，安祖背著琴出現在門口，和媽寒暄解釋一番，媽領他到琴房，把我叫到廚房。

『沒說安祖要來練琴？』

『他中午才告訴我，妳又不給我支手機，怎麼告訴妳？』

『我得帶吉米去檢查牙套。』

『叫他待會再來？』

『不用，我告訴他，他可以留下來，一會見。』

她帶著弟弟匆匆出門，這倒出乎我意料，她對我一向不信任，對安祖倒挺放心的嘛。

安祖已經調好弦，正拉著練習手指的短曲，我走進琴房，突然有點不自在的感覺。我的眼刻意避開他視線，而他好像也有意無意的迴避著我。這首是E小調，我選用E小調和G大調音階及琶音和弦暖身，手指快速爬了幾趟鍵盤，我告訴他和珍阿姨配合困難的事，他笑著用他的弓背輕敲我頭說：『她說得對，要用心！』

我笑著問他：『到底〈VOCALISE〉是什麼意思？該用唱的嗎？』

我假裝用花腔女高音哼著大提琴的主旋律，邊彈邊唱。他突然用有點悲哀的口氣說：『別鬧啦！這首是我想了很久，才決定將來我死後要放在葬禮中的音樂。』

我被他的話和認真的表情嚇了一大跳，問道：『得了絕症嗎？』

他看我緊張的樣子，突然笑著說：『開玩笑的，我們開始吧！』

不知怎麼地被他這麼一說，我再也笑不出來，這首歌還真適合送葬呢！

安祖的速度比珍阿姨稍慢，更增加運弓的困難度，他幾乎不需看譜，我發現他譜架上那份和我的是一樣的，他竟然可以同時讀鋼琴譜，一般提琴手沒那麼好的視譜能力。我讓他把第一段旋律不間斷地走一遍，在旁輕輕用鋼琴和著，了解他的速度和節拍。驚訝地發現，他比珍阿姨容易配合得多，他對鋼琴的部分很熟悉，有時他會刻意留一些空間給我，反而像是他在替我伴奏。

我們花了一會兒討論如何處理轉接、重複及速度變換，並在譜上做了許多記號。他對曲子的處理很有概念，再加上這種慢板本來就不是我專長，他的意見我幾乎全部照辦。討論完畢，我們重新開始。

前奏只有兩個音，剛出來他放下弓，我停下來問：『又怎麼啦？』

『吉兒，先謝謝妳！免得待會忘了說。』他很認真而有禮貌的說。

『別客氣，記得繳伴奏費給貝克太太。』我笑說。

『喜歡那張CD嗎?』

『休息兩分鐘。』

我走進廚房,倒杯冰水,喝了一小口,就用冰涼的杯子貼著紅熱的臉頰,回來的時候也替他帶一大杯,他一下子就全喝光,只剩冰塊。

重新再來,一開始鋼琴輕柔的八分音符和弦帶出大提琴的主旋律,細細的,像微風在傳訴陳年往事般飄啊飄的,他將轉把位的圓滑高音和一個很弱的顫音做得輕巧而流暢,讓我不得不由衷佩服地看他一眼,他則回了我一個『別分心』的表情。在第一段反覆前,他刻意慢下來,讓我有時間把那幾個寫得滿有創意的轉調和弦,彈得清清楚楚,像是一字一句地唱出來。他的詮釋方法和珍阿姨大不相同,珍阿姨對我完全掌控,讓我沒有什麼自由,只能跟著她的方式,像主從般應和著。而他給了我全部伸展空間,我不再只是配合著。我開始揣摩他的想像世界,讓自己成為他故事的一部分,和珍阿姨『吵架』的那一段對句,在我們手裡已不再是對句,而像是同一個人唱出的不同聲部,那種感覺好親密,我嚇了一跳,這是不是他們所說的『用心彈』?以前從沒感受過。

就在快結束前,鋼琴轉為主旋律,我突然好無助,很沒信心地朝他望一眼,啊!難道他一直就這樣看著我?他的眼神給我一種好溫暖的感覺,我用指尖輕柔觸著高音琴鍵,琴音完全沒有他想要我表現的寂寞和孤獨，反而充滿欲望。我紅著臉，自己都無法解釋，然後他開始和音，漸強漸高，手指狂野般的柔弦，讓單音像顫音般地震動，兩個樂器好像擁抱在一起那樣不可分，我一直望著他，貪戀著那股溫暖，直到他把整首歌在一個很長的弱低音下結束。一陣失落和空虛立刻湧上心頭，好像剛才擁抱著的原來只是個幻影，那音符就這樣飛得遠遠的，再也捉不到。

整個房間突然變得好靜，我們仍互相看著，有種好像被催眠的感覺，好累、好想睡啊！我把額頭輕輕靠在琴蓋上，眼睛就快閉起來時，他牽起我的手，把我從鋼琴旁拉出來，站得離他好近，鞋尖都快碰到了。我不敢抬頭看他，只是低頭看著他緊緊握著我的雙手，我疲倦地把頭靠在他的肩上，讓臉頰倚著他的胸口，隨著他急促的呼吸一次一次起伏著。我閉著眼感覺著他正低著頭親吻著我的髮和前額，就像〈VOCALISE〉的節奏，如歌的緩慢。『噢！吉兒……』他放開我的手，近乎無聲地喊了出來，用雙手捧著我的臉朝向他，我張開眼再也逃不過他那雙執著而盼望的眼神，他好像一路看進我的心裡，我知道他正在耐心的等候我回答他的請求，我的呼吸變得好慌亂。

一閉眼，就感覺到他溫熱的唇緊緊地貼在我的唇上，我緊抱著他的背不讓自己倒下去，任他柔軟的唇熱情地吻著我的唇，我的頸，我的臉頰和我的眼，然後把我緊緊的擁在懷中。我全身不自主的顫抖喘息著，他手指在我散了一肩的長髮中不停地滑動，輕揉著我的背和頸直到我緊張的情緒慢慢平靜。在他的臂彎裡，世界變得好小、好簡單，我可以聽見他的心跳，他不再那麼遙不可及。我知道這一刻轉眼即逝，離開他的肩膀後，他或許又將消失在我的生活中，隨他捉摸不定的心情和忙碌的作息，想到時再偶爾闖進我的心中停留個幾秒鐘，而我一向不善於等待。小時候總陪著媽等待著像候鳥般的爸，直到有一天再也等不到他回來。

『安祖，明白告訴我，我的想像力已經全用盡了。』

他不語。

我用力推開他，面對著他的微笑。

『求求你！說句話，別又讓我猜，讓我等。』我心裡喊著。

他仍一句話都不說，開始彎下身來撿起躺在地上的琴，放回琴盒中。

他把琴揹在肩上，我把他的譜收好在門口遞給他，他一手抱著譜，一手輕輕用手指，把一小束落在我前額的髮撥到耳後。

『這不是妳的初吻吧！』他輕聲地說。

我愣了一下，這完全不是我預期將聽到的話，他竟然問我這麼不相干又無禮的問題。一陣氣憤讓我脹紅了臉差點哭了出來，我把頭撇開，冷冷地說：『當然不是，我十四歲就開始約會了。』

『那就好，再見啦。』他仍微笑著說，快步走出門。

這時媽正好開車回來，他和媽道別，我則在門口大喊：『嘿！什麼叫那就好？你回來說清楚。』

只見他開著車火速離去。我氣壞了，回到樓上房間裡，門狠狠一關把音樂開得驚天動地，躺在床上瞪著天花板。他擔心我把初吻給了個花心騙子嗎？那也是我的事！這人總有辦法惹我生氣，哭了幾分鐘，突然想起他溫柔的唇，他在我髮際穿越的手指，和那雙深情的眼神，大概再也找不到比他更美好的初吻情人，不由得又呆呆地笑了出來，唉！不愛我就算了，至少他的吻挺值得回味。

『吵架啦！』晚餐時，媽試探地問。

『可不是！他自以為是，驕傲又沒禮貌。』我提高了音調，氣憤尚未消。

『我覺得安祖是個很懂事，而且有禮貌的小孩。他可能對妳的彈法要求很多，那也是因為他程度好嘛！』媽笑道。

媽自從上回演奏會後，對他的琴藝稱讚有加，她也知道，我沒有合奏的經驗，耐性又不好，大概不喜歡別人對我的彈法有意見。我想到他吻了我，媽還替他說話，不小心笑了出來：『那妳幫他彈吧！我不想再見到他。』

10.

未來的兩天，不只是他又消失，而我也刻意躲著，我怕他道歉，求我原諒他一時失控，讓我誤以為那是他感情的表白。沒見到他，我可以任意的把他想像成我忠實的情人，我可以一閉眼就又感受他溫暖的擁抱，這些似真似夢的幻象，只要他的一聲抱歉，就可以立即全破滅。

週五午餐時，艾莉一見到我，就好像有說不完的話，我心不在焉地應著。

『妳怎麼啦？沒睡好？』

『對不起，妳剛說到哪了？』

『今晚弦樂團有場校內免費音樂會，八點整在音樂廳，聽說瑞克將擔任主持人，我媽可以接送我們。』艾莉興奮地說。

傍晚艾莉一身亮麗動人的出現在門口說：『快，我們已經晚了，都怪我花太多時間打扮。』

她穿著細肩帶銀色緊身上衣及紅色絲質長褲，頭髮在後面綁成一束高高的俏皮馬尾，加件短外套，踩著高跟鞋，可愛極了。我則穿了一身黑，我告訴艾莉，今晚我要做隱形人。

我們走進學校音樂廳，發現他們把它佈置得像個鄉村酒吧，原來一排排椅子全被拆了，換上大小圓桌，每張桌上都鋪著白桌巾，中間燃著一盞小蠟燭。節目已開始，台上有唱、有跳，台下有吃、有喝。觀眾還不少呢！我們來晚了好不容易才在靠側門找到空位，也好，免得被他看到。一坐下，立刻有假扮侍者的學生送上可樂、爆米花和小點心。幾個小提琴手正在上面邊拉邊耍寶，無聊得緊，我心想他們若不提供食物大概沒幾個人會來看。胡鬧劇結束後，瑞克上台，講了個笑話就開始介紹下一個節目，是由弦樂團高年級同學演出幾首歌曲，這些歌曲將在幾週後，於亞城市中心與一些知名的鄉村歌手同台。

艾莉痴痴地望著瑞克，不時對我說，他的牛仔裝扮有多酷。這時，我看到安祖和其他二十幾個團員陸續上台，他一手拎著琴，一手拎著把椅子，除了大提琴手外，所有人都用站的。不同於平時演出，這回沒有指揮，由一個小提琴手獨奏一、兩句帶出每一曲。歌曲很活潑，第一排的小提琴手，包括瑞克，甚至邊拉邊跳著整齊的排舞。安祖坐在最角邊拉著琴，不時打趣地看著他們跳舞，嘴角露出漫不經心的微笑，一副懶樣子。啊！想了好久終於又看到他，原來還以為他只是個幻覺，這個令我整天心煩的人正活生生的在那兒毫不在乎地嘲笑著我呢！說不定他早忘了那件事，只有我才呆呆的左思右想。轉過頭看了一眼艾莉，她正滿臉幸福地望著瑞克。我們倆是不是對全世界最笨的傻瓜？我把手搭在艾莉的肩上，眼淚不小心掉下來。

『咦！怎麼啦？』艾莉用奇怪的眼光看著我。

『花粉過敏。』我假裝鼻子不通的哼著，她隨便在桌上撿了一張也不知道有沒有人用過的餐巾紙，替我擦著。

『瞧！安祖也在那裡，早上修同一門課，他還問到妳。』

我精神突然一振，『他問什麼？午餐時妳怎麼沒說？』

『無聊問候有什麼好說的！他問我這兩天有沒有和妳在一起，說好久沒見，很想念妳，不知妳現況如何？』

我聽了心裡一陣甜蜜。『妳怎麼說？』我緊張地問。

『我說早上才一起溜冰的呀，妳看起來健康美麗。他好像沒什麼可聊了，就問了一些我們平常早晨訓練的雜事。吉兒，妳今天怪怪的。』

本來還想和艾莉聊聊她對安祖的所知，又怕她看出什麼，就縮了回去。這事屬於自己一個人，連艾莉都不能說。

幾首歌結束，台上小、中提琴手全部退下，只留下安祖和兩支低音提琴，又上來兩個吉他手和一個很胖的中年女人，看來是外聘的職業歌手。他們表演著一首低沉的JAZZ音樂，低音提琴全用撥弦，巧妙地伴著歌手稍帶沙啞厚重的嗓音，一字一句地觸動我的心。

『自從第一次我正視你的面孔，我的晴天不再湛藍，我的夜空不再星光閃爍。』

為什麼戀愛總是感傷的呢？他的琴聲好寂寞啊！就和我的心情一樣。

我望著他的手指在弦上快速移動著，那手指曾緊緊地握著我的手，曾溫柔地撥弄著我的髮梢，曾輕輕地探索我的臉頰。我閉起眼睛把藏在最心底的祕密再次偷偷地拿出來看一眼，觸一下，聞一聞再小心地放回去。突然一陣掌聲把我從夢中嚇醒，歌手用感性的聲音一一介紹台上的樂器手，介紹到安祖時，艾莉三八地在台下大喊：『我們愛你，安祖！』他好像認出是艾莉，笑著朝向聲音望過來，我一邊心裡咒罵著艾莉，一邊收拾著小背包，果然下一秒鐘安祖的目光落在我的身上。我看著他，一邊告訴艾莉我得走了，她會錯意，指著廁所的方向說：『不急，就在那兒。』我離開座位，歌手正在介紹下一首歌，安祖失神地望著我離去，他的唇微張著，好像在說些什麼。打開音樂廳後門時，我又回頭看了他一眼，他仍看著我，不知是否因為舞台上聚光燈太亮，他的眼睛閃閃爍爍的。

我像個小偷似地逃離現場，一陣冷冽的風吹得我倒抽一口氣，才想到外套忘了拿。停車場上滿滿的車，卻空無一人，我開始著急，不知道他還會在台上待多久，好怕他追出來。走回家算了，已經是三月天，入夜氣溫仍低，而且今晚風特別大。我倒不以為意，從小在冰冷的冰場長大，早已習慣寒冷，才走到校門口，救星就在我身旁把車停下，是可琳和她就讀大學的男朋友賈許，車窗一搖下我向可琳說了聲嗨就問賈許：『你今年幾歲？』

『二十一，為什麼問？』

『可以送我回家嗎？我媽不讓我坐十幾歲小孩開的車。』

可琳招呼我進入後座，他們本來也要去音樂會湊熱鬧，既然晚了還得送我回去，就改變主意去趕場電影。

『一起去嗎？』可琳問。

『我可不敢帶她去，她老媽會告我誘拐。』賈許笑道。

『才沒這麼不識相，壞了你們約會，送我回家就已經感激不盡。』我神情落寞地說。

『借妳個好玩的。』可琳遞給我一個特大號的魔術方塊，每一面有二十五格，是個5×5×5的立方體。

『解法很類似，最後兩層得多動點腦筋，注意它的對稱性。』可琳是當初教我解標準方塊的師父，她耐性地把原來口訣，從三層轉到五層的方法略提一下，車已開到家門口。

他們走後我尚未解出那只大方塊，就坐在台階繼續玩，它比標準的複雜得多，但原理類似，花了好一會才解出來。空氣愈來愈冷，一開門進去，媽看到我沒穿外套叨叨唸了半天。

11.

珍阿姨把安祖的表演，安排在演奏會的最後一個節目，他果然如我所料，根本沒出現。珍阿姨十分氣惱，我發現自己竟替他找藉口，說他昨晚弦樂團節目耗到很晚，可能病了。

這幾天我不停的想著他，和我們之間的神祕感情，難道這就是我嚮往已久的愛情？充滿了懷疑、不確定和困惑。我不需要承諾，也不需要朝夕相處，我要的只是一句話，不是一個暗示，不是一張CD或一首歌，是一句來自心裡最簡單的一句話。整個週末我都心神不寧，一會喜、一會憂，事事心不在焉。有時，我深信他像我想他一樣地想著我，有時卻絕望地確認他將永遠消失在我未來的日子裡。

週日晚上睡前，我已打定主意不能再等他開口，我要勇敢而清楚的先告訴他我對他的心意，就算換來的是一連串抱歉，甚至無情的回絕，都比在等待中慢慢心力交瘁，最後枯死得好。我寄了封簡訊給他。

明日午餐時，在餐廳角落的座位見，有話告訴你。如果錯過這封信，或暫時不想見到我，都不要緊，我會每天中午坐在那個角落等著，直到你來。

或我枯死，我心想。

星期一早晨，照例五點半就來到冰場，我正在為五月初舉辦的亞城公開賽做準備。艾莉腳傷剛癒，並不打算參加，她正積極為升級Senior檢定，努力練習，對於參加與全國資格賽無關的比賽都提不起勁。

我新練的長曲一共三分半鐘，包括兩個三轉跳，一個兩轉組合跳躍，一個兩轉Axel跳躍，兩個混合旋轉和直線舞步。安娜把動作設計得很柔美，配合從她祖國作曲家，拉赫曼尼諾夫第二號鋼琴協奏曲剪出的浪漫配樂，有時讓我一邊跳著，一邊被自己在冰上訴說的故事心動不已。

平常我和艾莉練習時很少穿短裙，大多是緊身長褲和短袖T恤，有時我們會在長褲裡加穿一件戲稱為『尿布』的花式溜冰專用海棉墊，用來保護坐骨側面以免在練習跳躍時摔傷，穿短裙就沒法穿那東西。今天我特別帶了一件媽替我剛請人做好的比賽用短裙，安娜要我穿著在冰上試試它的效果，服裝對於溜冰選手就像對芭蕾舞者一樣，是演出的一個重要部分。這件湖水綠色雪紡紗裙採無袖露肩剪裁，長度不一致的雙層波浪裙襬，再加上一條繫在右手腕上的薄紗絲帶，看起來很別致。我很不好意思把它換上，這是我第一次穿完全露肩式的短裙，我把馬尾隨便紮成髻，走上冰場還不時東拉西扯一下。艾莉還正快速溜著熱身動作，看到我馬上停下來，拉著我的手左右打量，『高雅、美麗、性感……』用了一連串十幾個形容詞稱讚，然後要我隨便做個旋轉。

『啊！像極了夢幻仙子，尤其那條絲帶繞著妳，如煙如霧般。』艾莉愛極了這件裙子。

我倒沒那麼興奮，一向最沒自信的就是身材，真羨慕艾莉豐滿的上半身，在冰上怎麼穿都令人眩目。我一向穿得保守，而且大多用黑色或深藍色。黑色讓我看起來比較成熟，而藍色是最安全的顏色，適合各種音樂。不懂這次媽怎麼和安娜商量的，弄了個淡色露肩式。艾莉和安娜在場邊品頭論足了一番，決定再加一、兩百顆水晶石鑲在胸口，可以彌補一些缺陷。

熱身後，先練了兩下基本跳躍和舞步，教練就在場上放出我的音樂，我突然想到〈VOCALISE〉不也是同一個人寫的？開場是一個兩轉Axel，安全著地後，繞半場倒溜接著一個兩轉混合跳躍，落地時，有些不穩，速度慢了下來，只聽安娜大喊：『快，快。』接下來三轉Lutz是我最擔心的動作，安娜喊著：『一轉帶過。』我當然不理會她。還是沒能抓好起跳腳和空中旋轉的角度，右腳無法著地，重重的摔在地上，沒穿海綿墊，還真痛呢！我趕緊爬起來趕著音樂的節拍，接下來是我最愛的動作叫『仰背旋轉』（Layback Spin），也就是在左腳快速旋轉時，把背向後仰，右腳在空中輕微上勾保持平衡，我的背一向柔軟，可以後彎一直到看到地上的冰，那種感覺真好玩，靠著高速旋轉，就好像有人在前拉著我的腰不讓我倒下去。在就要起身時，我伸手提起右腳的冰刀，過肩時以雙手把整隻右腳拉至與左腳成一百八十度的『貝蒙旋轉』（Biellmann Spin）。這動作從古典芭蕾來的，一般蘇俄籍的教練或選手特別喜歡，需要高柔軟度才做得來，這也是這幾年安娜對我最滿意的動作。

音樂一結束我直接步下冰，至更衣室換回平常練習的長褲，手按著隱隱作痛的坐骨，大概又是一塊瘀青，什麼時候才能把三轉Lutz練得有點把握？這個令我倍感挫折的跳躍，早在十二歲就已經第一次成功的做出三轉，那時安娜還以為教到奇才呢！沒想到都四年多了，還是不穩，沒什麼進步嘛！

我回到冰上繼續練習，一直到七點多，才和艾莉走出來，坐在大廳椅子上換鞋。我脫下手套，解開沉重的冰鞋，腳趾血液又開始流通，一陣輕鬆。艾莉和賀伯在另一張桌子上討論著，我撿起之前留在地上的球鞋，正要穿上，掉出一枝短短的紅玫瑰，鞋裡還塞了一張紙條。我四處張望，緊張的心跳重重地搥著胸口，一大早除了我們幾個每天固定在這裡練習的，就連在冰場工作的員工都還沒到，整個大廳沒幾個人，好空曠。我趕緊穿上鞋，把紙條握在手中走到大門口外，停車場也沒人，左右又看了看，坐在外面的長椅上，深深吸了幾口氣才打開它。

Hey！怎麼等得到中午？這次總算有機會讓我看妳表演。吉兒，妳的美令我惶恐，我狂妄的幻想妳在場中為我一人而舞，妳每一個動作都緊緊牽動著我的呼吸和心跳，多希望音樂不要停，讓我永遠躲在那個角落看著妳。

感謝妳那天仁慈的容忍著我膽大妄為，啊！我還有什麼好求的？那一刻已足夠讓我回憶一百年，我從不敢奢望有一天能擁有妳，只要妳允許我繼續愛妳，即使遠遠的，都能讓我滿足。

我無法面對妳，面對妳總沒有勇氣說句心裡的話，吉兒，因為妳的美令我惶恐。

摔得痛嗎？為什麼一定要轉那麼多圈？請照顧自己，別忘了外套，中午見。

A.

春日清晨的陽光灑了一身暖意，我把他的信抱在胸口，用心細細地感覺著我一直的期盼。回到大廳才發現那天忘掉的外套在背包裡。

一整個早上，我都在作白日夢，完全沒心上課，想著他，一遍又一遍讀著他的字句。近中午時，已經快餓昏了，才想到把媽為我準備的早餐留在冰場忘了吃。通常早餐是我一天中最重要的一餐，因為晨問練習已消耗了大量體力。好不容易挨到午餐時間，我飛快趕去餐廳，遠遠地看到安祖正坐在角落的位置和強納生聊著。

由於配合溜冰訓練，只能吃低脂、低醣、高蛋白的東西，學校菜單中我的選擇並不多，所以幾乎餐餐都是烤雞胸肉、生菜和牛奶，不沾零食甜點和蘇打水。我取了餐，走到他們桌子對面坐下。

『嗨！吉兒，最近好嗎？又是生菜，不膩啊！久久沒替妳復習數學，退步了吧。』強納生一見到我，就熱絡地說。

『託你的福，還過得去。』我低頭隨口說著。

強納生又沒完沒了地和安祖討論著社團將舉辦魔術方塊比賽的事，安祖開始有點不安，看著我狼吞虎嚥，趁著強納生話中空檔輕聲對我說：『怎麼這麼餓？』

『有人一整個早上讓我心神不寧，忘了早餐。』我瞄了他一眼，發現他的午餐幾乎沒動。

他微微一笑，把他餐盤中未開的牛奶推過來。又過了一會兒，強納生還是說不完，這時安祖不顧無禮地打斷他的話，告訴他我們需要一點隱私。強納生看著我勉強一笑，起身說句待會見，我不好意思向他說聲抱歉。

他靜靜地看著我喝完第二盒牛奶，遞給我一張紙巾，我擦了擦，和他相對坐著。

『不餓嗎？』我問。

『沒空，看妳吃就滿足了。』他目不轉睛地看著我。

有時他笑一下，有時我會意回應一笑，從他的眼中我看到自己，這一刻所有含含糊糊讓我猜不透的事突然都變得晶瑩透澈，我們根本是一樣的，他要我，就像我要他。

安祖先打破沉默，『想和我說什麼？』

我用有些沙啞的聲音，輕輕對他說：『我只說一次，不會重複。』

『我在聽。』

『從那天起，你已經帶走了全部的我。全部的我將日日夜夜跟隨著你，直到人世的盡頭。』

他閉起眼睛微笑地深呼一口氣，如釋重負般，又看著我的眼睛說。

『我也只說一次。』他幾乎耳語般，但一字一字清清楚楚。

『我也在聽。』

『從那天起，妳也已經帶走了全部的我。全部的我也將日日夜夜跟隨著妳，永遠沒有盡頭。』

他剛說完我就忍不住掉下兩滴眼淚，他趕快又給我一張紙巾。

『怎麼哭了？人家以為我欺負妳呢。』

『沒有嗎？為什麼躲著我，為什麼總要我等、要我猜？』我埋怨著說。

『原諒我！』

我伸出右手握著他在桌上的左手，閉起眼睛感覺手心中他溫熱的手指，忍不住用拇指和食指的指尖用力捏了他手心一下。

『喔！』他縮了一下。

『只是要確定這不是夢，』我笑著繼續說：『謝謝你的禮物，一個好美、好浪漫的初吻。』

他拉起我的手，在手背上輕輕吻了幾下，然後在我的小指咬了一口。

『喔！』我一驚，把手收回來揉著。

『瞧！不是在作夢。』他笑著說。

『真的不是！』我開心地笑了出來。

12.

十一年級的我生活非常忙碌，每天行程排得滿滿的。有時安祖會起個大早去冰場看我練習，每到週六，他就藉練琴名義來家裡待一下午。他也很忙，總是不停有音樂會，他對室內樂很有興趣，有時也會帶他的朋友來家裡和我一起練三重奏或四重奏。我們和其他班上同學約會方式不大一樣，沒有浪漫的燭光晚餐，也從不去電影院，能聽到彼此的琴聲就滿足了。藉由兩個琴和一首多情的歌，我們可以毫無忌憚的互表愛意，即使媽在場都不怕。那是不是強納生所說，我和他之間的神祕語言？

艾莉和安祖同為十二年級生，她的心思只有溜冰，所以申請的學校全是外州，而且校內有溜冰訓練計畫的，總共只有四、五所，位在加州、密西根和科羅拉多。四月底，當她收到東岸德拉瓦大學的入學許可時，我興奮地和她一起在電話中尖叫，那是東岸唯一擁有完整訓練設備和教練的學校，過去曾出過好幾個世界級的美國選手。那晚媽讓我留在她家和她一起慶祝，為她高興之餘，她看出我眼中一絲憂傷，德拉瓦好遠啊！以後可能只有寒、暑假，才能再見，我們自從九歲以來就沒有分開過。

『吉兒，妳不要難過，我先去替妳探路，一年後妳來的時候，我會幫妳把所有事都安排好。記不記得，我們小時候說長大要住在一起，一同訓練，一起參加奧運，夢想和現實差距並不如想像的遠嘛！』

我愛艾莉的樂觀，我愛她對理想的執著，我愛她的堅強，我愛她對自己的嚴格要求，她個性中所有優點全是我沒有的。臨睡前，和她一起躺在床上，我把和安祖所有的事全告訴她，她那原本既圓又亮的綠眼，這回變得比她養的波斯貓的綠眼還要大。

『我是很糟的朋友嗎？竟然看不出來，難怪，妳最近常一個人呆呆地傻笑，我還以為妳SAT考得不錯呢！我很早就感覺到你們倆可以是很好的一對，就缺點打火石。安祖是個好男孩，和我認識的其他男孩很不同，吉兒，哦！我真為妳高興。』她抱著我像小孩一樣，一直親我的額頭。

『艾莉，我想我會申請任何安祖去的學校，什麼科系都無所謂，我並不在意溜冰生涯就此結束。』

『吉兒，妳是幸福的人，我也盼望有一天能讓我找到一個人，令我放棄一切，只願跟著他。我好為妳高興，喔！我開始嫉妒安祖把妳從我身旁搶走。』

『艾莉，有一件事如果妳不願說，我一點也不介意，而且請別誤會，它永遠不會成為我們之間友誼的阻礙。』

『什麼事讓妳這麼緊張？』

『他吻過妳嗎？』

艾莉學著我認真的表情，突然大笑出來。

『不瞞妳，有件事怪丟臉的，所以我一直沒告訴妳。那回在東區決賽被淘汰，再加上受傷不能回到冰上，不但憂鬱，而且無聊得很，一天到晚和常在一起那幾個男孩出去玩，看電影。安祖也常陪著我，因為行動不便，不易上下校車，我常要他開車送我回家，他看來也很樂意。有天下午他送我回來，我告訴他，我的腳傷可能需要手術，至少半年不能做劇烈運動，妳知道的，醫生第一次診斷的確這麼說，把我嚇壞了。我在他的肩上哭了很久，他幫我擦著眼淚，我抓著他的手，他把我的手拿開說：「下車吧，該進去了。」我又傷心又生氣的問：「難道從沒想過吻我？」他竟然傻呆呆地搔搔頭笑說：「以前不記得，至少現在還真不想。」這對我是個可怕的恥辱，我跳下車一跛一跛地用拐杖撐回去，告訴他以後就當作不認識。』

『喔！難怪好一陣子你們見面都不打招呼，後來怎麼和好的？』

『他先道歉，說他沒想到說實話會傷害女人的自尊心，而我其實早就想和他道歉，因為我也從未真正把他放在心上過，那天只不過一時情不自禁，而且需要安慰，如果他真的吻了我，才麻煩呢！

『吉兒，這就是我覺得他是好男孩的地方。有些常和我在一起的男孩，明知他對妳沒有情意，仍沒事喜歡對妳毛手毛腳，得不停的防著，年輕女孩要特別小心，而安祖從不會，他還算正直。』

她說話的口氣好像媽。

安祖早已得到兩所外州學校音樂系許可，而且幾乎下定決心去華府附近的馬里蘭大學就讀。由於他十四歲時曾任一年亞特蘭大青少年交響樂團的提琴手，又得過許多音樂比賽的獎項，申請學校很容易，馬里蘭大學甚至提供他半額獎學金。半個月前他趕在秋季申請截止前最後幾天申請喬治亞大學（UGA）音樂系，果然馬上在兩週內獲得試琴通知，暑假來臨前接到入學許可，還外帶全額獎學金。他比艾莉拿到德拉瓦大學的通知還興奮。

『你以前不是說不喜歡UGA音樂課程，而且南部沒有藝術氣息嗎？』我問。

『現在喜歡了，離這裡只有三小時，藝術氣息不重要，有妳就好。』他滿意地回答。

珍阿姨對安祖的決定很不理解。

13.

我們兩人都忙，不能天天見面，總令人想得發慌，每晚固定一封簡訊成了最溫馨的睡前功課。他不願我遲睡，因為一大早得去溜冰，規定我只能寫不超過五句，而他卻可以隨意寄來長長一整頁，有時忍不住回了他一大篇，第二天他就殘忍地只給一個笑臉作為處罰。每晚在入睡前，一遍遍讀他的信，是我一天中最甜美的時刻。我也慢慢的被他逼得可以寫出又長又複雜，但完全合乎文法的句子，才能在五句之內告訴他我一整天的心情。

『那天為什麼會突然吻我？』有天我終於鼓起勇氣開口問他這個我心中長久以來的疑問。

『今晚信中告訴妳。』他神祕兮兮地回答。

那晚我收到一封好長的信。

吉兒，記不記得我說過，妳的美讓我惶恐，其實那不是普通外表的美醜，而是一種靈氣，這靈氣妳母親也依稀有一些，那就是為什麼那天社團展覽時，我一眼就認出妳。我深深被妳吸引著，但從不敢靠近妳，甚至不敢和妳說話，在妳身旁我顯得多麼粗俗，我只能離妳遠遠的看著妳，怕妳注意到我。

在市府演出後台第一次觸碰妳的手，看妳坐立不安，好想安慰妳，卻被妳冷冷甩開，後來才知道那是妳舞台焦慮症的一部分，一個人自言自語走來走去，是妳克服它的方法。那時我自卑地以為妳厭惡我，於是決定不再和妳說話、惹妳心煩，只要偶爾能看妳一眼就行了，那就纏著妳的好朋友吧。直到在冰場遇見妳靠著牆、好令我心疼的一個人倒在那兒，教我怎麼能不陪著妳？啊！妳睡的樣子好美，我第一次這麼近、這麼仔細地看著妳的臉，看得都痴了，我請求神把祂這個唯美的創造送給我，立刻又覺得自己怎麼值得呢？好想吻妳，把妳擁在懷中，可是我保證我連妳的手都沒敢碰一下，只是趁妳病了一直盯著妳看，就已讓我對自己覺得很不齒。

那天在可琳家，看著妳為我擔心掉淚，心裡有說不出的感動，記憶中很少有人這樣關心過我。我分不出妳到底對我有情，還是純粹友誼，因為妳對艾莉還不止於此呢！無論如何，決定開學後一定要開始緊追著妳不放，因為時間不多，就快畢業了，沒想到卻被強納生給搶先。

強納生是個絕頂聰明的小子，我在教他解方塊時，就發現他雖然沒什麼想像力，但個性溫和，人也正直，看妳和他在一起有說有笑，令我痛苦不已。他雖然不配妳，至少對妳不錯，而我又好不到哪去，從此決定不再出現在社團，免得傷心。我躲回到我封閉的音樂世界，每天一回家關在房間練四、五個小時，週末則是從早到晚，跟貝克太太要了一大堆東西練，她建議我和邁可練一首可以在音樂節表演的節目。

送票給妳的那天，由妳的神情我發現妳和強納生並沒有什麼進展，一點也不像戀愛的樣子，讓我鬆了口氣。妳不知道我有多想妳，聽到妳的聲音真好，整個人好像又活了過來。也不知道哪根筋不對，明知道妳對強納生無意，就是喜歡拿他來氣妳，我想我嫉妒他總有理由和妳在一起，而我卻找不出，偏偏妳把他帶來音樂會，話才一出口就後悔了，連邁可在後台都罵我無聊，我曾告訴他這首〈羅西尼組曲〉是為妳練的，他則嘲笑我，再美的曲子都難再感動妳。Hey！妳知道嗎，那天妳給了我這生最難忘的笑容。

聽到妳幫貝克太太彈琴，特地把原來因懶得排練而選的〈巴哈無伴奏組曲〉改成〈VOCALISE〉，這首歌充滿含情對句，我無恥地想，若可以和妳假借音樂，暫時扮演情人，即使只有幾分鐘也夠我往後回味無窮。

因樂團練習錯過排演，只好到妳家練習，真的不是預謀，是妳珍阿姨建議的，她說妳媽週二在家上班。我雖期盼和妳在一起，哪敢對妳有什麼舉動，妳的琴聲令我驚訝，竟滿是情意。我再也忍不住擁吻著妳，由妳天真的表情和顫抖的呼吸聲，知道妳一定不曾戀愛過，我開始擔心，妳肯定是被音樂一時迷惑，一會清醒後，會有多後悔被我這俗人毀了妳的初吻！我自責侵犯了妳，到處躲著妳，但又想妳想得好辛苦，弦樂團演出那晚，看到妳在台下，我一顆心高興得差點跳出來，馬上又看妳匆匆從我眼中溜去，台上還有兩首沒完沒了的歌，我急得胡亂和著，一結束，琴扔在地上我就直接衝出去，卻再也見不到妳的人影，開車到處轉著，我開始想像戴尼斯在森林中找尋克洛伊七天七夜的心情，妳又沒車能走去哪裡？好後悔沒有馬上追出來。我決定找到妳為止，哪怕是七年、七十年。

沿著到妳家途中一路找尋，遠遠看見妳坐在門口神情專注地玩著方塊，我就放心了，一看就知道妳一定是遇到可琳，因為妳手上那只大方塊，全社只有我和瑞克有，我那只被可琳借去玩，而瑞克還在台上呢！正想上前和妳說話，妳就進去了。

收到妳的信，短短幾行字，讓我歡喜得一晚沒睡，我咒罵自己是膽小鬼，一定要讓妳已經不顧自尊地如此明白表示，才願說出真心話嗎？我感到好愧疚，妳不知被我精神折磨了多久。這點強納生就比我好得多，愛就愛，被拒絕就被拒絕，哪像我躲躲藏藏，不敢面對妳。

我等不及了，好不容易天才亮。一大早就想給妳一個驚喜，我要妳一分鐘都不再多懷疑我對妳的心，我要毫無保留地愛妳，我要妳知道無論妳要不要，我將永遠是妳的，妳一個人的。在遇見妳之前，我已不再記得被人擁有的感覺，而妳卻願意打開妳的心讓我屬於妳。吉兒，我永遠不期望擁有妳，只要屬於妳，被妳擁有就足夠了。

很晚了，別回信，好夢。

14.

五月中，安祖和艾莉都畢業了。我和艾莉每天早上在冰場練習，下午陪安祖練大提琴，他給我成堆的鋼琴譜，要我沒事隨便彈彈。那些譜大多不容易，有時我得練到半夜，才趕得及第二天合奏時不出錯，我們從古典的巴哈、貝多芬到現代、爵士、電影配樂什麼都玩。

有天安祖很興奮送來一首他新發現的曲子，同樣出自拉赫曼尼諾夫。

『我已經練得差不多，我們明天可以試這首〈G小調奏鳴曲〉嗎？』安祖問。

我皺著眉：『又是他，這人寫的東西少說我也得練個三、五天。』

『先從第三樂章來，其他以後再說。』

『給我兩天。』

這首和我們以前彈過的所有古典樂曲都很不一樣，鋼琴的分量不比提琴少，感覺是以鋼琴為主，提琴成了伴奏。

『我要妳領著我走，一開始所有提琴的旋律都是重複著鋼琴先出現過的音調，妳是一個很好的獨奏者，它可以讓妳也有很多發揮的空間。』顯然安祖把鋼琴的部分也研究過了。

練了才知道，它比我們想像的複雜得多，尤其八分和十二分音符對不準，各彈各的沒問題，兜在一起就亂了，再加上主旋律你一句我一句的互換，音量不好控制。花了將近整整兩個下午才把它練到能不間斷走一遍。

『中間那段在我強烈滑落的三連音前後，我要妳把鋼琴那幾個緊張的和弦，彈得急促而激情，甚至有點潑辣的味道，速度稍快都可以，之後再減弱漸慢下來，回到原來的沉靜。好像一個年老女人在微風午後，坐在門前長廊的搖椅上，收音機傳出一首老歌，突然讓她想起夾在記憶最底層，那段久久不曾回味的愛情往事。不小心被翻出的回憶歷歷在目，並不因時間而褪色，當年愛與恨的點點滴滴，仍能令她臉紅心跳，激動不已，當她從記憶再度回到那張午後的搖椅上，一切又回復平靜，除了她心中撩起對舊時人事的懷念和一絲寂寞惆悵。它不是個悲曲，沒有絕望和心痛，我喜歡把它解釋成懷舊，是很耐人尋味的情境。』

安祖總能編造些故事，讓我用具體的畫面去想像音符含帶的意境。聽完他的解曲，我彈得順手得多，前面八個小節只有鋼琴，大調、小調交錯的旋律，正如他所描述，悠閒的午後和多愁善感的女人在同一個空間變換著。

當安祖提琴一出來，我不禁笑了起來，他的琴音畏畏縮縮、小心翼翼的。

『抱歉，吉兒，妳彈得太美了，讓我深怕壞了妳營造出來的氣氛，弓都拿不穩。』

『我要你自信地用你的琴音來幫我說這個故事。』

我很少用這樣語氣和他說話，他聽了笑著說：『是的，女士。』

就這樣他緊跟著我一起掉進幻想世界，我們就是故事中的主人，彈到那段強烈激情處，我想起我們第一個吻，那種緊張、不知如何心跳和呼吸的感覺，一不小心就透過指尖傳到鍵盤上，他緊接著也把那幾個在G、C兩弦上的低音加快了速度，拉得急促又激動。我看他一眼，他額頭上滿是汗，眼神充滿熱情，我突然臉頰一陣熱，再也不敢朝他望。回到平靜的主旋律，我轉用三連音像慢板華爾滋的節奏替他和著，他使著與剛才完全不同的弓法，把它拉得細膩圓柔，好像人聲般低音哼著。聽著他的琴愈來愈弱，彷彿看著他一步步地離開我，最後消失在記憶盡頭，我沒等他結束尾音，就已經忍不住趴在琴上哭起來。他馬上放下手中的琴，坐到我身旁搖著我的肩。

『吉兒，我永遠不會離開妳。』

『我知道你不會，我怕環境讓你離開我，我怕有一天你不得不離開我，像爸離開媽。』

『至少不會像我父親，選擇離開我們。』他幽幽地說。

我抬起頭，擦乾眼淚。

『你父親？』

我只知我們和多數班上同學一樣，由單親或繼父母養大。他有個同母異父六歲大的弟弟彼得，繼父是生意人，這些幾乎是我對他家所知的全部，我們這樣年齡的朋友中，像艾莉仍與生父母同住的，算是少數，所以朋友若不提家中事，我們絕不好奇多問，以免觸及別人傷心往事。

『我想知道關於你父親，和你過去的事，如果你願意說。』我小心地問。

他深深吸了幾口氣，緩緩道出。

『爸媽在我四歲時，從韓國移居加州，爸是國際線的飛行員常不在家，媽看我無聊，就帶我去學琴——鋼琴。』

『你彈過鋼琴？難怪視譜強，後來呢？』

『六歲時，有一次我在收音機中發現了一個音色好美的東西，它的音色從那時一直深深地令我迷戀到現在。爸回家時就不斷向他要求，不久後就擁有一把大提琴。由於有些鋼琴基礎，學得很快，爸媽也是在那時開始見面就吵架，小時候我常一下課回家就躲到房間裡，用椅背擋著門，一個人練琴練到手指疼痛，即使已經沒東西可以練，還得製造些噪音，才不會聽見爭吵聲，艾米是我唯一的朋友。』

『艾米？』

我聽到嚇了一跳，它是我的中名。小時候大家都叫我艾米，因為爸覺得『吉兒』不好發音，後來在學校老師、同學都叫我吉兒，才慢慢轉過來，艾莉到現在偶爾還會叫我艾米，因為同是A開頭，聽起來像姊妹。

『艾米，就是那支1/4琴，我的第一把琴，琴底用很漂亮的草寫字體印著AMY，可能前任主人叫作艾米，我就叫它艾米。』

我不可思議地看著他。

『跟我來！』

我在媽辦公櫃找出我的出生證明，指給他看，我的全名是『JILL AMIE CHANG』，拼法略不同，但發音完全一樣。

他驚奇地看著我。

『從來不知道妳有中名，啊哈！吉兒或艾米，我們注定要在一起的。』他從後面雙手環抱著我的肩，一副很快樂的樣子，艾米艾米一直叫著。

我把他的手拉開，牽著他坐在沙發上說：『我要繼續聽故事。』

『後來故事和大多數人的差不多囉！爸和媽離婚與外遇女子定居海外，媽再嫁，生了弟弟，就這樣。』他簡單地帶過。

『你漏了那段我最想知道的，聽說你上過住宿學校。』

『爸、媽離婚時，兩人對我的監護權互相推託。』

我聽到『啊』了一聲，難過得說不出話，他反而說得輕鬆，像是別人的故事。

『媽患有憂鬱症，覺得自己不適合單獨帶小孩，爸只想重組家庭，才不願拖著我，就把我送去了住宿學校。那是所昂貴的音樂學校，從四年級到十二年級，位在偏遠的郊區。住在學校除了寂寞外，生活還算自在，只有功課和練琴，其他什麼事都不用煩心。我放棄鋼琴全心投入在大提琴上，那幾年還真學了不少東西。媽每週來看我一次，後來就變成隔週，一、兩年後，她又嫁人，就變成每個月，爸則完全消失在我的世界，除了支付學費和生活費。』

我緊緊握著他的手，心疼著不到十歲的孩子，沒有父母照顧一個人生活，唯一的盼望就是母親偶爾來看看他，難怪他等待的耐心特別好，他從小就活在等待中啊！

『八年級時，我被退學，只好搬回媽和繼父那裡。』

『退學？你幹了什麼壞事？』

『打架啊！』

『你也會打架？』我不相信地笑道。

『那傢伙是個新來的富家子弟，到處惹事，有天弦樂團練習，休息時間他就找上我，說我惹他女朋友，話沒講清楚就出手打人，我們馬上扭打成一團，沒想到他真不耐打，兩、三下還來不及被拉開，就被我不小心壓斷右手臂，我們在打鬥中也毀了一些樂器，結果我們兩個都被退學。』

『那你到底有沒有惹人家女朋友？』我打趣地問。

『他根本沒有女朋友。後來過了一個月，他才跟我道歉。他是故意找碴想被退學，因為不喜歡待在住宿學校，結果連累到我，問我想不想復學，他可以用他父親的關係幫我。

『我當然不想回去，封閉的日子過煩了，正好繼父因工作被調至此，我們就全部一起搬來。剛來時認識一些墮落的朋友，跟著他們鬼混，喝酒、抽菸、嚼大麻，什麼都來，解魔術方塊倒也是在那兒學來的。媽由朋友介紹認識貝克太太，我開始和她認真學琴，漸漸遠離那群成天無所事事的兄弟。她建議我休學半年並報考亞特蘭大青少年交響樂團，沒想到一考就中，那年十四歲，是裡面最小的。

『和爸已多年沒見，都幾乎快記不得他的長相。突然有一天在門口出現一個穿著英挺西裝、好瀟灑英俊的中年男人，帶來一支大提琴，媽招呼他進來，向我「介紹」那是爸。媽好傻，我怎麼會認不出呢？我不知該如何反應，給他個擁抱？求他不要走？或是跟他去？後來決定一句話也不說躲回房間。他坐了一會就走，媽說他特地來送這支大提琴當禮物。』他指了指躺在地上的琴，繼續說：『上課時，我把它帶去讓貝克太太瞧一眼，它的聲音還比不上我原來那支學生琴，而且外表好老舊，貝克太太一見到它就愛不釋手地仔細端看了半天，然後要我好好保護這支寶貝。她說這支琴是出自已逝多年英國製琴名師——史查維斯之手，大約七、八十年舊，當今很多知名演奏家手上的琴都出自他的手工。這把琴也有名字呢！印在音箱內側。』

我好奇地趕快抱起在地上的琴，由窄窄的f小洞往共鳴箱內側對著光瞧，一字一字讀出。

『「THE DUET，1924」，啊！它叫作「THE DUET」（二重奏）。』

安祖點點頭繼續說：『我告訴貝克太太，名貴沒有用啊！聲音不好聽，她笑著替我把四條弦全換掉，用它拉了一首短曲，我們兩個一時都說不出話來。』

『沒想到這是支名琴，我看你也沒特別愛惜它嘛！』我想到上回他把琴丟在舞台上不管，就跑走開著車找我。

『再名貴也只是件東西，我寧可他這幾年多來看我幾次，什麼都不帶來。』他神情有些傷感，但臉上立刻又出現一線光亮地說：『妳知道嗎？我最近常想，以後我們結婚可以是個請他來的好理由。說了妳別傷心，他雖然從沒把我當成兒子，但至少還活著，讓我仍然有盼望。』

我看著無可救藥的他。你仍在盼望什麼呢？我開始埋怨他那不負責任的父親，不想再聽到有關他的事，轉移話題問。

『繼父對你好嗎？』

『他是個老好人，雖然不大喜歡我和我的琴，對媽倒挺好的，開學後我搬出去，沒我這不投緣的外人，他們一家三口過得比較自在。』

他帶著笑說，我卻聽得好傷心，忍不住掩面哭了起來，他在我的心裡比什麼都寶貝，怎麼別人卻都把他當成了累贅？

『嘿！這麼愛哭，早知道不告訴妳了。我有個朋友的遭遇更慘呢！下次講他的故事，妳就知道什麼才叫不幸。』反而他在安慰著我。

『安祖，為什麼不讓我早點認識你？』

『不遲啊！吉兒，認識妳之前，生命多沒意思，我一直渴望被愛，妳卻讓我了解到愛與被愛一樣幸福呢！而且毫不保留的同時給了我兩者，讓我重新活了過來。我們還有好長的一輩子等著我們啊！』

他擁抱著我，親吻著我的淚水，突然吉米從樓上碰碰地衝下來，撞個正著，我嚇了一大跳，安祖笑著把我推開，吉米愣了一下，結結巴巴地說：『喔！當我不在，繼續繼續。』然後用手摀著眼睛往車庫邊走邊說：『什麼都沒看到，免得被妳滅口。』

我擦了擦臉立刻追過去，吉米已打開車庫門，正坐在地上換穿足球鞋。

『你不會告訴媽吧！』

『當然不會。』他假裝把嘴巴的拉鍊封起來，然後露出邪惡的笑容，小聲問：『你和他上床了嗎？』

我氣得滿臉通紅，撿起他在地上另一只鞋，他馬上拔腿就跑出去，我準準地朝他的背丟去，一面大喊：『不關你的事！』

他撿了鞋，拎著跑向鄰居媽媽停在馬路上等他的車。『為什麼不直接告訴妳媽？我以為她還滿喜歡我的呀！』安祖一面收琴，一面笑著問。

『你不了解母親和女兒，再可愛的男孩變成女兒的男朋友都不會順眼的，我可不想冒被她禁足的險，再兩、三個月你就要走了。』我一臉失落地說。

晚餐的時候，媽不經意地問：『安祖怎麼每天下午都在這裡？』

『練琴呀！我幫他彈鋼琴。』我一面說，一面狠狠地瞪著吉米，他則一臉無辜。

『有音樂會嗎？』

『沒有。』我開始有點緊張。

『那他為什麼老找妳彈？』

『我免費呀！請人彈一小時二、三十元。』

『妳那麼愛錢，為什麼免費呢？』

媽問題多得沒完沒了。

『我喜歡他的音樂啊！妳不也說他琴拉得好嗎？』

『只有音樂嗎？』弟插嘴說。我在桌子底下踢他一大腳，他又把嘴巴的拉鍊拉起來。

媽並沒再問下去，我不安地趕快吃完，想藉口先閃人，沒想到還是給媽叫住幫忙洗碗，反而讓吉米溜了。媽溫柔地把手搭在我肩上。『妳長大了，有些事如果不想說我也不多問，不是不信任妳，只是要提醒妳，分寸要拿捏住，安祖是個好孩子，我相信他會了解的。』

我懂媽的意思，回過頭摟著她的脖子。『哦！我好愛妳，我以為妳會把我教訓一頓再禁足一個月，然後叫他不要再來了。』

『唉！女兒喜歡，媽怎麼擋得住？』媽笑著用手捏著我的鼻尖，突然又轉認真地說：『不要坐他的車，妳在旁邊他開車不會專心，想一起去哪裡告訴我，遠近我都接送。』

我把媽允許我們來往的事告訴安祖，他一點也不意外。

『告訴過妳，妳媽喜歡我嘛！』

『別美了，女兒喜歡媽也沒辦法囉！』才一說出口，就不好意思地臉紅。

『女兒喜歡，女兒多喜歡？』安祖雙手攬著我的腰捉弄著說。

『喂！還有件事。』我把他的手推開，有點緊張地清清喉嚨，他微笑，但正經的坐下，耐心地等我說。

『我十四歲時，參加一個夏令營，一個滿天星光的晚上，大家圍繞著營火，輪流說一個希望神可以幫我們實現的願望。有人說希望可以不用藥物就可以停止憂鬱，有人希望爸媽和好，有人希望瘦一點才不被人嘲笑，好感人。』

『妳說了什麼？』安祖打趣地問，『冬季奧運代表權？』

『別打岔。當時氣氛太好，我也不怕別人笑的不小心說了真心話，我說我希望能守身到結婚的那一天，原本以為會聽到一堆笑聲，沒想到不但沒人笑我，還有些零散的鼓掌聲。』

『信不信由你，』我繼續說：『後來很多女孩許了和我一樣的願望。』

『妳的好朋友艾莉一定不在那兒。』安祖接著說。

我瞪他一眼說：『我很認真呀！我需要你幫忙。』

這回他實在忍不住笑出來。『這事我怎麼幫？把滿街想拉妳上床的全部打扁？』

我知道他懂我的意思，就懶得理會他在那兒耍嘴皮子。他看我不語，以為我生氣，就哄著我說：『好女孩，我會等的，即使妳四、五十歲才決定嫁人。』

我把頭輕輕靠在他的肩上說：『不會那麼久，明年夏天我就十八歲，我們可以一起去見法官合法成婚，不用媽媽在場。』

他又忍不住大笑。『這女孩子怎麼這樣？不管媽媽，也不等求婚，就自己全安排好啦！』

『還不只呢！小孩至少要生兩個，我們還缺一把小提琴和一把中提琴。』我繼續說。

他笑著，接著我的話。『而且都得是女孩，我喜歡看她們花式溜冰。』

15.

吉米在搖滾樂團玩電吉他，有些基本錄音設備，看我們成天沒什麼目的地練，就建議我們不如把練得像樣的曲子錄下來。安祖覺得這個點子很棒，開學後，他可以聽我們的音樂解悶。

連續幾天我們一共錄了二十多首，死要錢的吉米把我們的音樂錄好，製成電腦檔案，再以一首十元賣回給我們，簡直敲詐。他委屈地解釋：『我和你們耗了一整週，有些歌又悶又長，又不是一次就錄成，左一遍、右一遍，還得不時忍受你們那些兒童不宜的肉麻場面，十元還嫌，外面最簡單的錄音室租一小時就是五十元。』

安祖卻覺得有理，就大方的全買了回來。也難為吉米，有些曲子我們錄了好幾次才成，像〈VOCALISE〉，怎麼彈都不對味，那股淒涼的美就是再也出不來。吉米把它們燒成CD，我們一人一張，取名『THE DUET，2003』，用安祖那把琴命名。

16.

八月初，開學前一週，十七歲生日那晚，安祖請媽開車送我們去地鐵站，他有兩張亞特蘭大交響樂團演出的票。我們上了地鐵，到了市交演奏廳站，他拉著我，要我別下車，一直到市中心高樓區才催我下來。

『好神祕啊！別告訴我要去哪兒。虧你想出這點子，我們從來沒有機會像這樣悠閒散步，有兩個小時可以到處晃。瞧！前面就是奧運紀念公園，進去走走？』

我指著CNN大樓方向，公園就在它對面。他笑著拉著我轉向一棟叫Westin的大樓，是個有趣的圓柱體，從下面得把脖子仰到不能再彎才看得到最頂端的尖塔。我們進入電梯，他按了頂樓，透明電梯把我們像汽球上升一樣送到八十六樓，出了電梯原來是家餐廳，我忍不住拍手驚呼一聲。

是個圓形的旋轉餐廳，周圍是一圈透明玻璃，地板慢速地繞中心旋轉，不用走動，只要靜坐一會，就可以看盡三六〇度夜景，正中央是個四人小樂團，正演奏著輕爵士樂。侍者問我要坐靠窗或靠中心的位子，我告訴他，怎麼可能會有人不選靠窗的？他笑著說，有懼高毛病的人不少呢！

坐定後，安祖先點了兩杯紅葡萄汁，特別請他們裝在兩只漂亮的高腳杯中。

『哇！這是世界之頂嗎？』我倚著窗，眼睛捨不得眨一下地望著無數的夜燈和星光。遠處八十五號州際公路正在大塞車，車子一輛接一輛動都不動，他們一定等得很焦急，但坐在天上看下去，它們的車燈連成一條條彎彎曲曲的五線譜，竟成了這美麗夜景的一部分呢！

『餓嗎？』我的思緒被安祖一把拉回來。

『早知道來這就不吃晚餐，不過甜點的胃口還有。』我回答說。

我們合點了一塊起司蛋糕，送上來的時候，眼睛為之一亮。它被裝在一只大磁盤中，上面堆滿了鮮奶油、藍莓和櫻桃，裝飾著紫色的鮮花，中間還有一支正在噴著火花的小蠟燭。光看就有令人置身天堂的感覺。

『我老的時候，不要死於病痛或災難，而要死於吃過多起司蛋糕。』我從小不敢多吃甜食，才不是不愛吃呢！有時饞得很就夢想有一天老到不能溜冰，就以甜食做正餐。

安祖聽了笑著說：『起司蛋糕就值得讓妳吃到撐死？還好沒叫妳嚐嚐提拉米蘇，佛州西島檸檬派，德國巧克力蛋糕……』

他故意說了一大堆甜點的名字，我才不理他，弄熄了蠟燭，用叉子挖了一小塊，放在嘴裡細細品嘗。

『你知道我不慶祝生日，但還是很感激，不說句生日快樂嗎？』

以前告訴過他，父親在我十歲時，母親生日那天心臟病突發，逝於趕回家的長途飛機上，從此大家都不願再提與生日有關的事。

『啊！妳生日嗎？這麼巧。』

他佯裝不知，從背包取出一本像筆記簿的東西，繼續說：『本來只想讓妳看看可否幫忙加點鋼琴進去，既然忘了帶禮物，就送給妳吧！』

我好奇地翻開第一頁，是本樂譜，裡面只有單中音譜表，而且是用鉛筆畫的，有些修改的痕跡，顯然是為大提琴做的。

『你寫的？』

他點點頭，我把它抱在胸前，興奮得說不出話，過了好一會才輕聲地問：『可以現在讀嗎？』

『是妳的了，當然可以。』

他畫得很潦草，在昏暗的燈光下並不好讀，一開始是快板小調，像是詼諧小步舞曲，如童謠般，但旋律很巧，他把和弦代號也一併寫上，和弦編得滿可愛的，我不禁笑出來。邊讀邊思考鋼琴要怎麼編，才能反映出他的和弦代號，所以讀得很慢。

『這個音是A還是G？』我問。

『是A吧，G也行。』

『若是G，那前面那條弧線是連結，不是圓滑線囉？』我又問。

『怎麼看那麼仔細？隨便都行啦！』

我心裡嘀咕著：『嘿！人家拜讀你的大作，還那麼沒耐性。』噘著嘴瞄他一眼，他好焦急呀！左右手在桌上交互握著，坐立難安的。急什麼呢？有兩個小時啊！我偏慢慢讀。

我專心地讀到第三頁，譜空了幾行，中間用透明膠帶貼了一枚細細的金色環戒，旁邊一行草寫小字。

吉兒，妳願意嫁給我，做我的合法妻子，不論貧富、不論健康或是病痛，一生與我相伴？

我突然呼吸困難，雙手按著胸口，以免一顆心怦怦地彈跳出來。他在向我求婚啊！他不再是幾個月前，對愛情畏畏縮縮的，令我痛苦不堪的人。他願意讓我永遠守著他，而且這次他勇敢又直接地告訴我，不讓我猜謎也不讓我等待。

我用沙啞的喉音，完全不考慮，連說了四、五次：『我願意。』邊說邊笑著，眼角的淚都流了出來。他閉著眼，把頭低下靠在緊握的雙手上說了句『謝謝』。我知道他在感謝神，難道他為此祈禱過？

他拉起我的雙手放在唇上輕吻一下說：『我現在宣布我們訂婚完成。』

然後小心地把戒指拿下來，戴在我的手指上。無名指太小，只好放在中指。戴上之前我看到在戒指的內側細細地刻著。

他的眼流露出遮不住的喜悅，嘴角不停地笑著，好天真，好快樂啊！這世間還有什麼事比看著他這樣快樂的笑更能令我滿足呢？

『明年的今天嗎？』他問。

『那還要好久呀！今晚不行嗎？』

『不行，得給妳一點時間變卦。』

我們一起笑了出來。又靜靜地坐了一會兒，我再也忍不住，好想和他去一個沒有別人，只有我們的地方。

『還沒讀完我寫的歌，才一半呀！』他收拾著譜繼續說：『這包裝紙可花了我整整兩個晚上才完成的。』

『你忘了吻新娘。』我小聲地說。

他笑了笑，捏了一下我的臉頰。

走進電梯，可能是非週末的晚上，裡面空無一人，我們瘋狂的擁吻，從八十六樓一直到底層。

17.

開學後我開始申請學校，第一選擇當然是UGA音樂系，安祖替我整理文件，蒐集學校資料時說：『德拉瓦大學並沒有溜冰系嘛！』

我聽了大笑。

『全美國幾千所大學都沒溜冰系，唯一接近的是體育教育系，在教育學院中，這個和學音樂的，自然去讀音樂系完全不同。通常運動選手會選擇有重點訓練計畫的學校，但這些學校未必有體能相關的學系，德拉瓦大學就是個例子。選手的主修仍是一般科目，但這些體育項目的表現在申請時是一大考量，因為學校也希望能培養出奧運選手，至於這些選手是混哪一系的，誰理它！艾莉就主修幼兒心理學，你以為她喜歡研究小孩？她當然不會傻到選個數學系，讓自己花大把時間在學科上。』

我要安祖別擔心我申請學校的事，要是沒學校收留我，就跟著他，照顧他的生活就是。

『我們租間小屋子，我可以兼差教溜冰或小孩彈鋼琴，每天晚上煮好吃的晚餐等你回來，還可以陪你練琴。』我甜蜜地告訴他。

『吉兒，我一點也不擔心，我的計畫是妳申請德拉瓦大學，可以繼續溜冰訓練又可以和艾莉在一起，我隨後轉去馬里蘭大學，兩所學校很近。我有獎學金，妳可以申請學生貸款。我那把琴若真如貝克太太所說的名貴，就賣了它，至少可以支付我們生活開銷和妳的訓練費用兩、三年，再打打工，維持到畢業不會有問題的。每晚想到就快有自己的家，我就快樂得睡不著。』

我嚇一跳立刻說：『別賣琴，它曾經在無數個下午感動著我們，我捨不得它，會有別的辦法的。』

大學開學，安祖和艾莉離開後，我的生活變得好寂寞，好不容易說服媽給我一支手機，以便我和安祖聯絡，然而他卻說：『手機不屬於我們，它太霸道，只要一響，不管多忙、有沒有心情，都得接聽。我喜歡在睡前寫信給妳，在清晨讀妳的信，讓我們繼續通簡訊，手機就只用在急事，別拿它聊天。』

他既然這麼說，我也就很少打給他，除非太久沒聽到他的聲音，快想出病只好非打不可，因為那歸類在『急事』。這支手機反倒成了艾莉專線，她幾乎每天打來報告她的新生活，有趣又新鮮，和她通話成了我一天中笑得最開心的時刻。

安祖生活不如艾莉那樣多采多姿，雖然UGA是所有名的派對大學，他卻什麼社團都沒參加，也不住宿舍，除了上課練琴，就是長跑運動。有時他的簡訊在半夜發出，才剛從琴房練了五、六個小時，昏天暗地的出來。他每到週六都回來，見完珍阿姨就直接來看我，媽總讓他留到很晚，有時刻意留些空間給我們。

他的琴果然大有進步，我怕我的鋼琴跟不上，也加緊練習。有回我和珍阿姨聊天，提到安祖，她告訴我安祖是她教過學生中音樂基礎訓練最好的，技巧和音準都不在她之下，他對音樂感受很特別，但表達太含蓄，缺乏發自內在的熱情

『音樂和其他「技能」不同，它是有生命、有血肉的，需要能先感動自己，才能感動別人。而安祖不是沒有熱情，他不習慣表達。』

我聽了很不服，就放了一首我和他的錄音給珍阿姨聽，那是一首感情強烈的西班牙舞曲。她聽完後說：『我認得是他那把琴的聲音，但完全不像他過去的風格，整曲充滿狂野和活力。吉兒，加上這一點他已經具有演奏家的所有條件，再磨個幾年經驗，成就可能超越想像。嘿！妳是怎麼讓他做到的？』

果然如珍阿姨所說，安祖才進去沒多久，還是新鮮人，但由於過去豐富的弦樂團經驗，立刻被選為UGA交響樂團的第一大提琴手，而且將在明年二月初交響樂團的年度演奏會中演出〈德弗札克大提琴協奏曲第二樂章〉，由他擔任大提琴獨奏部分。

『啊！我們練過那整首三個樂章，為什麼只選一段出來？第三樂章更精采呢！』我曾用鋼琴彈奏交響樂團的部分陪他練過這整曲，純粹好玩。

『這首是大提琴協奏曲的經典，樂團的音樂總監說，他們想演出這首已經想了很久，一直

找不到合適的大提琴手，又不願外聘。全曲太長怕樂團練不完，所以只能挑一個樂章出來，選柔和的第二樂章是為配合音樂會主題「浪漫緩板」特別在情人節前演出，以助賣票。』

安祖在簡訊中說他練得很苦。很多地方技巧很難，當初我們練著玩的時候，並沒有很仔細地磨，只是胡亂帶過。有時三、五行譜可以讓他耗上好幾個小時，直到心煩氣躁。

吉兒，妳若在我身邊就好了，這琴房像極了牢房，待久會令人害怕，又不能在住處練，公寓上、下鄰居抗議了很多次。我加修兩門課，讓自己白天忙得喘不過氣，才不至於整天思緒都繞著妳，但每到半夜練完琴回去的路上，一直到寫完信給妳入睡前，總想妳想得發狂，有兩次從琴房出來，甚至把車轉向開出城的路上，開了好一會才又回頭。我才不在乎錯過早晨的幾堂課，但想到那會讓妳很為難，只好失望地開回來。

有次他問我，除了週六外，可否在週三下午回來，因為他沒課。我告訴他如果在非週末或非假日回來，我絕對會痛苦得把自己藏起來，不讓他見著。我說的時候非常認真，怕他一天到晚耗在公路上，多危險啊！

別只是練琴、上課，偶爾參加點娛樂活動嘛！UGA足球不是挺行的嗎？看看球賽也不錯。你這樣我很心疼，我要你每天都活得開心，一週有七天，不要為了我浪費其他六天，至於要怎麼做，先別問我，我自己都還沒想出辦法來。

吉兒，妳不懂，在認識妳之前，我的七天全是浪費掉的，如今一天和妳相聚，六天充滿盼望，一點也不浪費。修了一門作曲理論，正在著手寫些東西，算是娛樂，是首大提琴和鋼琴合奏曲。為了氣妳，把鋼琴寫得又快又複雜，而且是妳最恨的升C小調，我只管寫譜，甚至不確定它的可彈性，有些地方或許蕭邦、李斯特的手指都轉不過來。提琴的部分又美又簡單，而且旋律重複很多次。誰叫妳不讓我週三下午回去。

安祖，你不記得慢曲才是我的殺手？最好左右手還對位，那更合我胃口，至於升C小調已經不再對我造成威脅，最近我練琴練得比我上回參加全州比賽前還認真，我把每一個調的基礎指法全部重新複習好幾百遍，免得我跟不上你進步的速度。

其實是因為兩週前我已收到UGA音樂系的試琴通知，安排在放寒假前幾天。

18.

從小到大，學校的事我一向不讓媽操心，不像吉米，什麼事都得媽盯著。作業、讀書心得、研究報告，媽若忙起來沒空管，他就賴著不理。怕媽煩心，有時我也幫著盯他寫功課，他仗著聰明，整天玩混常不交作業，雖然考試從難不倒他，但作業不交的下場比考試糟糕還慘呢！除了數學他有點興趣特別好外，其他每科都讓媽傷透腦筋。我的成績雖不是頂好，但總過得去，爸去世後，我就下定決心絕不讓這些事困擾媽，她的壓力已經夠大了。

那天晚上，媽走進我房間。『我想知道為什麼妳只寄了三封申請表就停了？很多學校秋季班申請已快截止，文件來不及整理嗎？』

『我就只申請這三所呀！』我告訴媽。

『三所？根本是一所，UGA音樂系、UGA音樂教學和UGA體育教學，妳得解釋一下。』

『上回參加鋼琴比賽得獎，對申請音樂系應該很有幫助，名校不敢說，UGA應該不難。』

『別管申請難不難，我關心的是妳到底想做的是什麼？我以為妳自從十歲起的夢想就是花式溜冰，別的孩子都在外面玩，妳成天在冰場練，跌傷、手術都忍了過來，這一切為的是什麼？』

『其實是四歲起，我打從一開始就狂熱地愛上這個運動，我喜歡速度感，我更喜歡藉由冰，展現肢體的美感，它讓我深深感受神把人的身體打造得多麼不可思議的完美。在冰場練習對我來說是種享受，不是犧牲。』

『那我就更不懂了，為什麼放棄？是因為三轉跳嗎？我相信妳已經不遠了。』媽十分不解。

『沒說放棄呀！只是不拿它當事業，我並不覺得這些年的辛苦白費了，不是所有孩子都有機會、有夢想，而且有愛他的母親幫他追夢了這麼多年。這些年我過得好滿足，好充實。』我笑著繼續說：『我是個幸運的女孩，三轉跳不是能阻止我的原因，妳也知道要能進入奧運，需要百分之百的全神貫注，不能有一點分心，只是我的心已不能再完全集中於此，繼續下去，我怕只是浪費可觀的訓練費用。而音樂，雖然從來就不曾是我的夢想，它卻把我和安祖牽在一起，就為此，我想我可以學習愛上它，而音樂對安祖不是夢想，是他的生命。若能一生陪伴他，活在他的音樂世界裡，比追逐我自己的夢真實得多。』

媽聽完一臉嚴肅地說：『吉兒，妳看著我，我要妳記得妳今天說的每一句話，這是妳自己的選擇，妳自己的決定，要自己負責。如果有一天後悔，不能怪別人，溜冰和大部分運動一樣，停個一、兩年想回頭就太遲了。』

19.

感恩節連續假日，艾莉也回來了，我們一大早約好在溜冰場見。她已經通過溜冰最高一級Senior檢定，那天早上在我眼前成功做了一個，她生平第一次三轉Lutz與三轉Toe Loop的組合跳躍。我高興地讓她在我冰鞋上簽名，在她旁邊的則是傳奇溜冰好手，關穎珊的親筆簽名。兩年前我和艾莉去看她一場表演時，溜到後台好不容易弄來的。

艾莉告訴我，她戀愛了，是個同校三年級溜冰選手，他們一起訓練，叫作葛瑞格。

『葛瑞格．丹尼斯？』我問。

『妳知道他？』

『去年東區比賽，他來過這兒，跳得很不錯，好像以第一位進入全國。Senior男子組，對吧！』我仍記得他總是笑咪咪的，很親切的樣子，一般溜單人的男孩看起來都很冷酷。

『沒錯，後來全國比賽中只得了第九，但今年又進了全國，等著一月底比賽。』

『艾莉，妳聽起來不快樂。』

『吉兒，沒有事可以逃過妳的眼睛，我好擔心，已經晚四天了。』

『啊！你們？他愛妳嗎？』

『我想是吧！』艾莉幽幽地道。

『妳愛他嗎？』

『我想也是吧！我注意他很久了，他個性風趣、開朗，長得又好看，身旁女孩很多，但沒有固定的女朋友。大約一個多月前，有天清晨練習完，他約我一同早餐，從那天起我們幾乎每天共進早餐，在一起只是談談天，聊聊訓練和生活瑣事。直到那天他邀我到他的住所晚餐，他親自煮了義大利餐。晚餐後，我們喝了一點酒，他吻了我，由他的眼睛，我知道他喜歡我。哦！吉兒，他的溫柔讓我無法抗拒，我沒有勇氣推開他，也不想立刻結束那麼美好的夜晚。他把我抱上他的床，在他強而有力的臂膀裡，我的全身都喪失運作能力，只能順著他，依著他。之後，他沉沉地睡去，我卻一夜未眠，快清晨時，他突然醒來，看我縮在床邊紅著眼，連忙穿好衣服送我回去。他一路抱歉，說他不知道我還沒準備好，要我原諒他。臨下車前，我問他是否愛我，他卻反問我是否愛他。』

『嫁給他吧！』我說。

艾莉看著我，一副我好不切實際的樣子。

『自從那天起我們就沒再見面，他打了很多通電話，我都不想接。妳不會告訴我媽吧？』

艾莉滿臉愁容，我看得心都碎了。

『當然不會，我們之間的話，我曾告訴過誰？眼前得先做個驗孕，那是幾天前的事？』

『接近兩週。』

我心裡更加擔心，嘴裡卻說：『那還好，我出去替妳買個驗孕劑，妳留在這等我，沿著大路走下去有一家藥品店，來回至少三十分鐘，等我回來，哪都別去。』

我立刻出去，在門口碰到安祖，說好來看我溜冰。

『提早結束，還是我來晚了？』安祖看我匆忙出來。

『我得坐你的車去買頭痛藥，艾莉病了。』

『我去買就行，免得壞了妳媽立的規矩。』

『不成，你會買錯，唉呀！你怎麼和我媽一樣死古板，還是自己走路去算啦！』

他趕緊拉我到他停車的地方，前座被他的琴占去，而且整個椅背是躺下的。他正準備移動它，我已經跳進後座，清了一下滿椅滿地散亂的譜和書，才有空間可坐。

『等我們結婚後，你的提琴小姐就得讓位啦！』我皺著眉噘著嘴說。

『和它吃醋？它不是小姐，是個八十歲的老太太。』安祖笑著說。

還好坐安祖的車，這麼大清早我們一直找到第三家才碰到開門的，我要他留在車上不許陪我進去，他也乖乖照辦。結帳時還真不好意思，店員一直盯著我，還又看看在外面車裡等著，無辜的安祖。

回程時我在車上問：『和你在一起時，有沒有曾想要和我……那個……嗯……哎呀，你知道我的意思。』

安祖從後照鏡看我一眼說：『嘿！這是挑逗嗎？難怪妳媽不讓妳坐我的車。』

『說嘛！只想多了解你，沒別的意思。』

『真要我說？不能打人。』

『當然不會。』

『不在一起的時候就常想了，何況在一起。』

『那怎麼不動手呢？』

『妳叫我等的呀！記不記得？嘿，改變主意了嗎？』

我順手拿了一份譜，往他頭上一敲。

『妳看吧！早知道不說了。』

『不好意思。最後一個問題，如果改天是我忍不住要你做呢？』

『嗯！好問題。』

他想了一會才繼續說：『我除了不做妳不讓我做的事之外，也不會做傷害妳的事，我想現階段那件事對妳來說，傷害比樂趣大。』

我握著手上那支驗孕劑，想著受傷的艾莉。

一回到冰場，安祖和艾莉熱情擁抱打招呼，他們也很久沒見面。

『妳的氣色果然不好。』安祖注意到她不如往日活潑，艾莉疑惑地看著我。

『頭痛藥買來了，走，我們先去廁所把溜冰的衣服換下。』我趕緊接著說。

一到廁所，只花了三分鐘就弄清楚用法，測試結果卻苦等了十分鐘才冒出來，我們倆抱在一起鬆了一大口氣，然後我又陪著她哭了一會兒。

『吉兒，把我嚇壞了。』艾莉終於露出一絲笑容。哦！我好想念她的笑、她大聲說話的樣子、和她倔強的嘴角。

『艾莉，我們一直像剛認識那樣不長大就好了。那時生活好簡單，沒有一點煩惱，也不用面對那麼多複雜又困難的決定。』

『傻女孩，也沒有愛妳的男孩在外面耐心的等候，快出去吧！』

我們在大廳裡聊著，我和艾莉坐在一起。安祖坐在桌子對面，他們談了些學校的事。我告訴安祖兩週後，我要去學校拜訪他，因為我收到試琴通知。

『好極了，那表示妳書面初審已過，妳的琴一定沒問題，有個鋼琴組的傢伙，偶爾請他幫我彈，還得花錢，彈得比妳差得多，已經三年級啦！』安祖神情露出掩不住的興奮，他繼續問道：

『德拉瓦大學沒有消息嗎？通常他們至少會先寄一張通知，告訴妳申請表已收到。』

『我沒申請。』

『妳什麼？』

『我沒申請嘛！』

『沒申請？不是早已經都準備好，只差寄出去？』

艾莉並不驚訝，安祖卻急得站了起來，而且說話的音調都提高許多，他從來沒有這麼大聲對我，讓我有點不知所措，而艾莉則看我們快要吵架，先避開一步。

『我要妳趕快把它寄出去，就是今天。』安祖努力讓聲音降下來，但聽得出仍有些顫抖。

『已經截止，來不及啦！』我用最輕柔的聲音，企圖平息他的情緒。

『哦！吉兒。』

他大嘆一口，轉身背向我走了幾步，視線放在玻璃窗內冰場上正在練習的小孩上。這一節是專門留給通過基礎檢定，但十歲以下的孩子們，免得我們速度太快，撞到他們。我跟了上去，在一旁勾勾他的手討好地說：『別生氣嘛！』

心想他生我的氣也是有理，像這樣的事他若敢瞞著我，肯定跟他翻臉的。

他仍看著那些孩子認真練習。通常會在假日這麼一大早就來冰場報到，都不只是來玩玩或運動的。有個小女孩看來才六、七歲就已經學會單轉Axel跳躍。

過了好一會兒，他才又開口。

『不是妳讓我生氣，是妳讓我心疼，心疼妳笨，心疼妳不知道自己在做什麼。』

他把我逗著他玩的手握得緊緊的。

『吉兒！是我害妳放棄了十多年來的夢想，我不值得妳這樣，真的不值得。記不記得那次和妳一起坐在那裡看妳錯過的比賽？』他望著空曠的二樓看台，『從那天起，我一直盼望那個不小心溜走的機會能再回到妳手中啊！』他的聲音沙啞。我轉向他，握著他的雙手，看著他溼潤的眼睛。

『誰說我放棄夢想？我只是又有了新的夢想，一個我們共同的夢想。為什麼沒有人相信，我是塊在音樂界未經雕琢的寶石？說不定有個更好的機會在這一頭等著我呢！』我笑著說。

20.

試琴的那天是入冬以來最冷的一天，早晨還飄了些雪，一落地就不見了。我請一天假，保羅和媽開車送我去，我們中午左右到達，試琴安排在下午一點。刻意不早到，因為媽知道我有台前焦慮症，等久了我會發瘋。

小型演奏廳位於一個多用途的建築物中，廳外很熱鬧，除了主修鋼琴的之外，大家都帶著自己的樂器。我告訴安祖在我試琴之前不要出現，免得我分心。其實我是怕受焦慮症影響，脾氣不好，不小心又對他兇巴巴的，像上回害他難過。

剛報到就聽到壞消息，由於清晨的小雪，讓整個試琴的進度慢了近兩個多小時。

『要不要先出去晃晃再回來？』媽問我，她知道我的毛病。

『真了解我，才正想說呢！在這裡枯等會要我的命！』

我們去了圖書館、足球場、學生中心、宿舍，最後特意在音樂系停下來，從側門一進去就看到一間間安祖說的像牢房的琴房，這就是他每天耗上四、五個小時的地方？不知道安祖是不是正在某一間練習？這些房間的隔音都很好，但在長廊仍可以聽到微弱，夾雜各種樂器的聲音。

每一個房間都有至少一台鋼琴。他是一個人練，還是有人幫他彈？剛才來來往往的女孩好多呢！每個都很有『靈氣』呀！她們都認識安祖嗎？他長得那麼好看，又那麼有才華，愛慕他的女孩不少吧！突然寧願他矮矮胖胖外加禿頭，除了我沒人會多看他兩眼。想到不禁笑出來，記得他那時說，我和強納生說說笑笑令他寢食難安，我心裡還罵他無聊呢！自己更無聊，他對我那麼一心一意，我還擔心。

又回到演奏廳，離試琴只有二十分鐘，我要媽和保羅先出去午餐，一個小時後再回來接我。我在長廊上走來走去，前面試琴的已經在裡面耗去快三十分鐘，怎麼這麼久呢？她終於出來，大概不很順利，面色凝重。

一進去，由自稱音樂系主任的老先生親自領我到演奏台前，他一一介紹五位在台下坐著的評審，他要我自己簡單介紹。我不喜歡站在台上說話，問他們可否下台和他們站得近一些再說，他們看起來很和氣的都說不介意。

首先他們讓我抽一份譜，用來測試視譜演奏，運氣還真好呢！一打開就是個升C小調，不禁笑了出來。還好譜不難且節奏正常，手指雖然轉得不太順，從頭到尾也並沒犯太多錯誤，很快就把它彈完。之後他們隨口問了幾個簡單的樂理問題，就讓我彈我準備的曲子。我準備的是與上回參加音樂比賽的相同曲目，貝多芬的奏鳴曲〈熱情〉。這首是所有貝多芬作品中我最愛彈的，可以感覺到充沛的活力從指尖散發出來。我選擇第三樂章，因為它長短適中。正彈得高興，在第一段樂曲反覆時，那位系主任要我停下來，說他們聽夠了，由於整個試琴進度已落後，不能聽我彈完。

『這個樂章才不到一半，就說聽夠了，精采的還在後頭呢！』我有些困惑的和這位系主任小聲地說。

『他們只需要聽幾個小節就大概知道妳的程度了。』

『是嗎？那是好還是不好？』我邊跟著他走出去邊問。

『機密，不能說，順帶一問，誰是妳鋼琴老師？』

『妮娜·張，我母親。』

『妮娜·張？沒聽過。學校音樂老師還是專門收學生教琴？』

『都不是，她專炒股票和房地產。』我笑著說。

老系主任推了推眼鏡也笑了出來，開門送我出來時，對我眨了個眼。

一出演奏廳的門，安祖就迎面跑過來，把我抱在空中轉了一圈才放下來。

『好想妳！裡面好玩嗎？』

我們自從感恩節後就沒見到面，上週六下午他們交響樂團排練回不來。

『前面都還算好玩，到了自選曲，他們竟然只聽了第一節就算了事，五分鐘都不到！你們系上的老師大概不大喜歡我。』

『別擔心，那表示妳讓他們不難做決定。我在這裡等了好一會，妳沒進去我不敢出現在妳面前，免得擾亂妳，哦！我急死了，遠遠看著妳又不能擁抱著妳，聽妳的聲音。』安祖笑著說。我把他拉到一旁角落，雙手環著他的脖子，踮起足尖在他的唇上輕吻一下，他立刻緊緊把我摟在懷裡深深親吻了好一會，然後鬆開我笑著說：『我以為這裡人多妳會怕呢！』

『我才不怕人多呢！只怕我媽，她和保羅快回來了。』

我拉著他的雙手繼續說：『怎麼辦？日子愈來愈難過，張眼閉眼都是你，有時一寂寞就陷入陣陣可怕的胡亂想像中。說了你別笑我，有天我夢到你在開車，我坐在後座，你的提琴小姐一轉眼就從前座消失，換成一個成熟、美麗的金髮美女。安祖，我不曾懷疑你對我的心，只是外界的誘惑令我不安。你看你，笑起來這麼可愛，琴聲又那麼感動人，這個系上的女孩有誰能不注意到你？』

安祖聽了果然大笑，捏了捏我的臉頰。

『全世界只有妳覺得我可愛。別擔心，我認識的人本來就不多，而且都知道我已訂婚，夏天就要結婚，我的魅力還沒大到這麼說還不讓人死心。那天告訴過妳別破壞妳媽立的規矩，看吧！這回開始作噩夢啦！』

『協奏曲練得如何？第二樂章好像比其他兩個樂章稍微容易些。』

『我正在練全曲，本來想給妳和貝克太太一個驚喜，我們將在明年六月初演出全曲，而且不在學校裡，在亞城市中心交響廳。』

『交響廳？安祖，我的心快跳出來了，亞特蘭大交響樂團專屬的交響廳？上回我生日你本來要帶我去聽音樂會的地方？』我不可置信地問了好多次，那個場地是不常開放給亞城交響樂團以外的團體演出。

『就是那裡。我當年在他們附設青少年交響樂團任大提琴手時，每週六都在那兒地下室的排練室練習，後來在年度結束前，我們在演奏廳演出了四場海頓的〈創世紀〉。那時我就在想，有一天我要在這演奏廳演出協奏曲，擔任獨奏，不是在樂團裡混，而且和我合奏的是亞城交響樂團。這回雖然與UGA樂團合奏，還是夠令人興奮的。』

『怎麼弄到那個演出場地？』

『羅伯．史丹是我們今年新聘的客座教授，他是現任亞特蘭大交響樂團節目策劃，上週六排演特別請他來指導，我向他提起當年我在他們青少年團就上過他的課，他竟然記得我是那時年齡最小的大提琴手。我們試演了一遍第二樂章，他很滿意。我們的樂團總監早有計畫在五月底演出全曲，所以我一直在苦練每個章節，史丹博士要我試第三樂章片段，聽完後問我們有沒有興趣換地點演出，他可以安排，還說每週願意撥幾十分鐘加強我對樂句處理。』

『安祖，我好替你高興，你真的如珍阿姨說的具有所有演奏家特質，你的技巧，你對音樂的狂愛，你獨特的表現方式，你需要全心投入的時候，我卻老讓你牽牽掛掛，我好怕成了你的負擔，讓你分心。』我低下頭，想到他寫給我的簡訊總是滿載思念的辛苦。

『吉兒，千萬別這樣想！』他用手指輕輕地托起我的下巴，注視著我的臉，認真而且皺著眉說：『我才是妳的負擔。妳今天來這裡做什麼啊？妳應該飛到艾莉那裡參觀妳的新學校，見妳的新教練。我才是妳的負擔呀！』

『瞧！又來了，早知道不如告訴你他們拒絕我的申請，免得你老放在心上。我不要你再提起有關我選校的事，這個決定和你無關，我不喜歡聽你責備自己。』

我嘟著嘴，有點生氣，他笑著在我的臉頰上親了一下說：『這裡暖氣開得像烤箱，我們出去走走。』

我們走出建築物，沿著步道在停車場旁的廣場漫步，我要他告訴我練琴的近況，那是他每天生活的大部分，也是我最想知道的。

『這首〈德弗札克大提琴協奏曲〉，我在兩、三年前就練過，純粹練技巧，不是對它沒感覺，是表達不出來。我知道它充滿了作曲家對故鄉、情人的愛恨和思念，聽別人彈奏可以很感動，自己卻怎麼都做不出來。過去很多曲子都有相同的問題，貝克太太對我說過，要能把心裡的感覺透過琴傳出來，這樣的音樂才是活的。吉兒，是妳讓我學會表達，是妳給我機會愛妳、想著妳，而且可以毫不隱藏地向妳表達。我練這首曲子練得好苦，原因之一就是我把對妳的情透過它在空氣中送出來，總令我心力交瘁，但它有了生命，妳知道嗎？是妳讓我的音樂活過來。』

他的聲音充滿喜悅，我好滿足地看著他，我喜歡聽他說音樂哲學、聽他解釋歌曲，雖然不一定都懂。暑假每天在一起時，我們常放張CD對著譜，他會一個一個樂句帶我跟著譜，像讀故事書般隨著音樂講述作曲者的心境和演奏家的表現方式，有時我們會把同一作品找來兩、三種錄音版本，比較它們之間不同的風格。

才又聊幾句，就看到保羅的車開進來，本想去安祖住的地方看一眼，但媽急著回去，她不放心吉米一個人在家太久。與他匆匆道別，我要他這個週末也別回來，因為再過幾天就開始放寒假。

21.

寒假第一天安祖就回來了，我抓著他問了一大堆學校的事，媽笑著說像在審犯人。我在耶誕節前夕終於通過Junior檢定，這樣就可以取得教練資格，安娜送了我一條K金項鍊，下面跟著一隻冰鞋形狀的小墜子。

我和安娜的關係很奇妙，在冰上她對我很嚴，有時又吼又叫的，我摔在地上時她很少安慰我或拉我一把，總是滑到我身後說：『妳是要照著我的話做還是摔到腿斷？妳做決定！』我總是在心裡嘀咕著：『又不是不照妳說的做，做不到啊！這麼容易妳來！』

每次一走下冰，我們又像姊妹般。她沒有小孩，雖然已過三十，我和艾莉常聊的東西她都知道。她的穿著一向年輕入時，常常替我出主意要怎麼穿比較惹火。

那天我在冰場正式介紹安祖，她打量了一會說：『笑起來是滿可愛的，就這小子讓妳心神不寧、朝思暮想？』

『我哪有？』紅著臉捉著安娜的腰。

『要成為吉兒的知心男伴，必須志願通過考試。』她調皮地說，然後拉我到場中，說了一串動作要我照做，然後轉向安祖大喊。

『看仔細囉！』

我做了三個不同的跳躍，和一個組合旋轉。安娜要安祖照順序說出，安祖很有把握地說：

『兩轉Salchow兩轉Lutz，一轉Loop，旋轉的部分騙不了我，故意先跳進右腳做倒向駱駝轉，再換成左腳成順向坐轉，站起來轉成仰背旋轉，沒錯吧！』

這幾個月安祖已經被我訓練得快夠格當比賽裁判，他對各種跳躍，旋轉的名稱，難度及比賽計分規則都很了解。

『八十分，算你過關。』安娜笑著說。

『才八十分？哪裡錯啦？』安祖不解，滿臉疑惑。

『叫吉兒告訴你。』

『那是個三轉Lutz。難得跳一個那麼乾淨的，被你降級成兩轉。』

『以我眼力，超過一轉就算不清了。只要妳落地得很從容，通常是個兩轉。』

『觀察得很仔細嘛。』我沒好氣地說。

『倒也沒說錯。』安娜笑著幫他的腔。

保羅在山上滑雪場裡租了一個小木屋，邀請我們上去度耶誕節。我告訴媽我寧願留在家裡陪安祖，耶誕節過後他就得回學校，因為樂團要開始練習。媽隨口邀安祖，沒想到他欣然答應同去。

『你不需要和家人共度耶誕節？』媽問他。

『沒我在他們比較像一家人。』他隨口答，我看得出媽聽得很難過。

『也好，這樣我們可以開車去，你和我換手，滑雪場在西維琴尼亞州，要開九個小時，你們若不去，我和吉米得坐飛機，我最恨飛機。』

我怕媽又想到爸和飛機，立刻轉移話題。

『妳要他和妳輪流開車？那不就表示讓我坐他的車？從現在就開始了嗎？』我興奮地說。

『讓妳坐他「開的車」和讓妳坐他的車是兩件事，任何時間只要老媽也在車上，妳就可以坐他開的車。』

『哦！拜託，媽，他再三個月就二十歲了耶。』我用賴皮撒嬌的口吻。想到可以坐他的車，我們就自由多了，不用配合她的時間表。

『那就先等到他二十歲再說。』媽堅決地說。

『妳也該學開車了，不是嗎？』安祖安靜好一會，突然插進一句，對著我說。

媽接著他的話，『安祖說得沒錯，我正在想呢！回來後妳就開始讀筆試資料，考過就可以取得學習駕照，我再花點時間教妳開，到暑假可以考慮替妳弄輛車。安祖，不是不相信你的技術，是我了解我這女兒，她坐在車上話特別多，有時我都沒辦法專心開，何況你，你們倆各開各的可能安全些。』

安祖向我一笑，我知道他一定在想上回我坐他車的事。

保羅是媽這幾年的事業伙伴。爸去世後，留下一些保險金，由於我們還小，媽不願做上班族，就開始做各種投資，後來在房地產上獲利不錯，就全力投注，專買一些很破爛但地點好的房子，修好再轉手出去。小時候偶爾找不到人看顧我們，就得帶著我和弟弟去工作，有些房子真可怕，我們甚至不敢進去。看著媽指揮工人拆屋頂、補牆、塗油漆、換地毯，半個月後把整個房子翻得和新的一樣，我們都好佩服。保羅是個房地產仲介，他幫媽尋找翻修目標，也幫媽賣修好的房子，後來他們合資開了一個房屋買賣仲介所。他早年離婚，最小的兒子不久前結了婚。他是義大利後裔，講話有時故意加上重重的口音，很有趣，我猜他大概五十五、六歲，有次我問他幾歲，他說他若告訴我，我會改口叫他祖父。

我們在耶誕節前兩天的一大早，應吉米要求，天還沒亮就出發，這樣在到達時還來得及滑點雪。除了最後一小段是雙線山徑，其餘都是寬廣的州際公路。媽和安祖在前座互換，我和吉米在後面。吉米整路睡，要嘛就找麻煩和我吵架。終於在最後一段，吉米醒來吃了點東西，車在山中轉來轉去，直叫快吐了，媽才把他換到前座，讓安祖和我坐在後面。

『你在前面都和她聊什麼？』

我大部分時間都掛著我耳機，沒聽他們說話。他請吉米放張CD而且開大聲點，他得『做功課』，那張是馬友友版本的〈德弗札克大提琴協奏曲〉，吉米邊放邊怨嘆他怎麼會忘了帶他那一堆電吉他的『功課』來做。

『到後面去。』音樂一出來，他小聲地說。

我們爬到第三排座位坐定後，安祖說：『我求她在暑假把妳嫁給我。』

我嚇了一跳說：『你騙人。』

『不相信妳問她。』

『她沒把你趕下車？』

『她真不簡單，非常鎮定，這反而令我緊張，和我預演的完全不一樣。』

『預演？』

『我練習幾百遍了，想好各種情況應對的方法，包括立刻拒絕、冷嘲熱諷、厲聲責罵，和把我趕下車。』

『她怎麼說？』我緊張地問。『她微笑，後來竟笑出聲音，我有點生氣的說：「Ms.張，這很有趣嗎?我可是百分之百認真的想娶妳的女兒。」她努力收起笑容說：「真抱歉，我不是懷疑你的誠意，只是沒想到吉兒竟然這麼急著嫁人，這是她的主意吧！」她又忍不住笑了起來。我告訴她最早是妳提起的沒錯，我也覺得很好，就已經向妳求婚啦，她說難怪妳死不說手上那只戒指哪來的，她又問我，妳有沒有逼我向妳求婚，我說當然沒有。我告訴她，妳是發生在我生命中最美好的事，而且我愛妳超過一切。她說她也是，而且較幸運，從妳一出生就認識妳了。然後她告訴我很多妳小時候的糗事。』

『她沒說結婚的事，到底贊不贊成？』我急著問。

『妳得給她點時間，她表面平靜說說笑笑，心裡可能很難過而且捨不得妳。』

『我才捨不得她呢！嫁給你又不是離開她，你可以容忍老婆沒事跑回去和媽住幾天吧！』

『別叫我和妳媽住在一起，其他都行。』

保羅幾天前就先到，與他女兒、女婿和兩個小孫女相處了兩、三天，抱怨他們夫妻整天在山裡滑雪，讓他顧了三天的小孩，其中一個才一歲多，還要換尿布呢！看得出來他還是很開心，媽笑著一邊把我們帶來的食物放進冰箱，一邊說：『這幾個雖然不用換尿布，但食量驚人，我帶了一車的食物，可能只夠他們早餐。』

我和安祖租了雪屐和雪鞋，吉米已等得不耐煩。保羅去年就帶他來過這裡，還替他買了成套的滑雪板和雪鞋，木屋在山腰，順著山坡滑下去，山腳下有一個美麗的湖，我們一直滑到湖邊才看出湖面結了一層冰。我想到早期冬季奧運溜冰項目都是在山上結凍的湖面上舉辦的，選手得克服惡劣的室外環境，有時還得徒步走一段才到得了比賽場地。吉米一溜煙就不見了，媽要我顧著他，簡直不可能嘛，他滑得飛快，才不等我們呢。

我和安祖都是以前滑過一、兩次，滑得不好，但也摔不著的那一類，尤其我們兩個都很小心，我怕摔斷腳不能溜冰，他怕摔斷手不能拉琴，滑了兩、三趟，天色漸暗，我們就回到木屋，吉米要滑到夜場結束才回來。我們在門外把雪具脫掉，換上鞋正要進去，安祖在窗外看了一眼，又把我往外拉。

『他們需要單獨相處，我們也是。』安祖摟著我往街上方向走。

『媽和保羅？老實告訴我，你看到什麼。』

『沒什麼，只是覺得他們在一起很相稱，我們不該打擾。』

『你覺得他們相稱？』我懷疑問。

『保羅脾氣好人又有趣，對妳媽很體貼，妳不覺得嗎？』

『他那麼老又離過婚，還是賣房子的，賣東西的人最不誠實。』我也不知道為什麼突然對保羅那麼反感，本來我不是也很喜歡他的？

『還好妳媽沒像妳挑剔保羅那樣挑剔我，不然早被轟出妳家啦！』安祖聽了笑說。

『我想我只是不習慣把媽想成是個女人。自從爸去世後，她同時扮演父親和母親角色，對我們來說，她是中性的。』

『所以妳不知道她也有感情，也會寂寞，甚至有可能愛上妳爸以外的男人。』安祖一連說了一串我真的從未認真想過的事，我一時反應不過來，無言呆立著，他並不打擾我的思緒，靜靜地不出聲。

『哦！安祖，我好自私，我想到的只是她不再只屬於我們，她將重組自己的家，我和吉米就要被排除在外。』

『吉兒，即使妳媽和保羅在一起也不會少愛你們一分的，妳一定是被我父母嚇壞了。我猜想，說不定保羅已經被妳媽拒絕幾百次啦！』

『我該怎麼辦？』突然很愧疚。

『嫁給我就行啦！我不介意接手她的麻煩女兒。』他又開始耍嘴皮子。

『說真的，我不想她一輩子孤獨寂寞，我想她快樂，我想她和我一樣過著有愛情的生活，不要永遠活在爸的記憶中，我能做些什麼呢？』

『記不記得她發現妳老讓我這討厭鬼纏著妳時做了些什麼？』安祖一說我就懂了，我該做的只有愛她，信任她和接受她的選擇。

『大我兩歲果然聰明得多，我以後應該多聽你的話。』

『這才乖，若早發現這點，也不會東西放到過期還不寄。』『還再提，想吵架嗎？』

他笑著說不敢。

我們沿著街道走，兩旁商店裝飾得像童話世界裡的城堡，又逢耶誕節，每家都有棵亮晶晶的耶誕樹。我們用安祖的手機照了幾張相。走出商街，路上行人突然全消失，四周變得好安靜，地上的燈光一暗下，天上的星光就毫不讓步，立刻照亮一地白雪。聽保羅說昨天到今晨下了一天大風雪，掃雪車不停工作才使道路不至封閉，他本來很擔心我們卡在山下上不來。

經過一個小教堂，裡面正唱著詩歌，就朝著歌聲走去，他們正在做耶誕節彌撒，我們坐在最後排位置上聽著，一首接一首，安祖一直緊緊握著我的手，閉著眼默禱，我也跟著他閉著眼，雖然聽不到他說了些什麼，但從未感覺我們的心這麼接近過，簡直貼在一起，同時跳動。

走出小教堂，他問我祈禱些什麼。

『感謝祂讓我們每一刻共處的時光都那麼甜蜜，請祂多給我們一些難忘記憶，在那些沒有你的日子裡，可以拿出來慢慢回味。你呢？看你和祂說了很多話。』

『我也感謝了一堆，像是爸和媽離婚。』

『沒別的可以感謝了嗎？』我笑了出來。

『還有呢！感謝繼父，讓他娶了媽，感謝那個害我從住宿學校被退學的小子，感謝那些帶著我墮落的朋友，讓我八年級多讀一年。』

『喔！那小教堂有魔法，讓你突然變得這麼善良。』

『不是的，吉兒，這些人若沒有在適當的時機，出現在我生命中，我不會遇見妳。過去我不了解，常怪運氣不好，現在一切都像水晶球般透明清澈地獻在我的眼前：祂巧意安排每一個環結，都是為了讓我遇見妳。』

『哦！安祖！』我抬起頭，用手指輕輕在他的臉頰滑動，他閉起眼睛很用心地感覺著我指尖的接觸。今晚讓我好好地看看他，他的睫毛好長、眉好密。他張開眼，透過月光，我發現他的眼是略淡的褐色，他的臉頰好光滑但下巴和耳鬢刺刺的，我來回磨著，好好玩，他笑了起來。

『別動。』我要他繼續微笑，讓我觸摸那兩個深深的笑渦，以後我們的小孩或許也會有這麼可愛的笑渦。

『安祖，你知道嗎？祂就是為了你才創造我的，怎麼會讓你遇不著呢？』

『我們好不容易相遇了，就再也不會分離。吉兒，我相信人生是永恆的，即使死亡都沒法把我們兩個結合的靈魂拆開。』他把我緊緊地擁在懷中說。

我一聽到他說『死亡』，全身像吸了一大口冰冷空氣顫抖著，胸口一陣疼痛，眼淚像泉水般湧出。

『安祖，你不懂死亡，它使一個活生生的人突然消失，無論你多想他多愛他，還有多少話來不及告訴他，他都不會再回來，一次都不會。我不許你說這個字，我從小就怕這個字⋯⋯』我斷斷續續地說著，全身不停抽搐，呼吸只能淺淺喘著。

『哦！吉兒，對不起，我不好，沒事亂說，別哭嘛！』安祖不知所措，慌亂地說，他用手輕拍我的背，來回撫著我的後頸和肩。我哭了好久，才慢慢平靜下來，我想到小時候每次想到爸時，媽也是這樣安慰我。

『原諒我，我保證再也不會亂觸妳的傷心事。吉兒，我的心都破碎了，今晚妳讓我看到妳眼中從未出現過的悲傷，好深好長的一道啊！』

『不，原諒我，一定把你嚇壞了。不知怎麼從你口中說出，我就特別敏感。爸去世都這麼多年，我們其實早已不再那麼難過，偶爾媽還會拿他開開玩笑呢！別理我，我就是愛哭，小時候瑞克和吉米還比賽過誰能在最短時間內把我惹哭。』

『結果誰贏？』

『當然是吉米，他只花了三秒鐘。』

『怎麼弄的？』安祖打趣地問。

『他從口袋掏出一隻細細黑黑、在後院找到的小草蛇，放在我的頭髮上。』

『哈！壞透了，那瑞克呢？』安祖笑著問，口氣中完全沒有同情心。

『他也把我惹哭，只是花了比較久。』

『他捉了什麼來嚇妳？』

『沒有，他說了個故事，有關一個小孩，父母離婚，只好隨父親去流浪，最後告訴我，他就是那個小孩，再不久就得與父親搬家到外州。』

我們走回去時已經九點多，快餓扁了，吉米也剛回來，正在大吃大喝。保羅抱了一捆柴正準備升壁爐的火。

『我看你們雪具早放在門口，以為自己在外面晚餐了呢！這麼晚還沒吃，去哪兒啦？』媽一邊幫我們找食物，一邊問。

『教堂，耶誕彌撒，妳不會相信的。』平常媽總得軟硬兼施才能在每週日把我們拖去教堂。她很懷疑地看看安祖，安祖笑著點點頭。

『去教堂做彌撒，還是結婚呀！』吉米一旁插嘴說：『媽妳要小心點，很多觀光區都有「婚禮教堂」，只要花兩百元和三十分鐘，他們有現成牧師、證人幫你辦妥所有手續，完全合法。吉兒這回說不定已經嫁人了，妳都不知道。』

不曉得他是不是在車上偷聽到什麼。安祖聽了大笑問吉米：『從哪知道這些東西？』

『網路廣告呀！三百元的還附蜜月套房喲！』

『我還不到十八呢！未到法定年齡。』我瞪了他們兩人各一眼，一邊說。

吉米最討厭，沒事就取笑我，安祖還一起笑。平常也就算了，保羅也在，多不好意思啊！

『瞧！她早就查好，喬治亞是十八歲，西維琴尼亞說不定只要十六歲就可以自由婚嫁啦！哈哈……』吉米得意得不得了。

『媽！把他趕去房間裡，他話太多，好煩人。』

『對不起，我沒有房間，一間是妳和媽睡，一間是保羅的，我和安祖得擠客廳的沙發床，請妳趕快吃完，別打攪我和安祖睡覺，順帶一提，妳若願意花點錢，我可以和妳換床位。』

『吉米！這太過分啦！你再說一句明天早上就不准上山，留在這裡陪我看一天電視。』媽終於說句公道話。

打點完我們晚餐，我和安祖收拾著，媽把剛煮好的咖啡倒了兩杯，遞了一杯給正在玩弄壁爐中燃燒著柴火的保羅，他們並肩坐著，爐火把他們的臉照得紅紅的。保羅把那支火鉗給媽，喝著咖啡，不曉得說了什麼，他們倆笑得很開心，媽不認真的撥弄著火，一邊聽著保羅說，神情輕鬆自在。她總是告訴我，自從過了四十歲，不化妝出門像沒穿衣服，皮膚簡直不能看，今晚她沒化一點妝，臉頰看起來明亮光采，兩眼溫柔有情，和她平常在工作或教訓吉米時判若兩人。是保羅挖掘出她的靈氣嗎？

我們不像吉米對滑雪從早到晚那麼熱中，大部分時候我都陪著安祖『做功課』。他帶了好幾張CD，都是他正在練的東西，除了與交響樂團演出的樂曲，還有新老師給他的必修教材。珍阿姨把他推薦給另一位在UGA教書的提琴老師做私人徒弟，她住太遠而且安祖的功力已經緊追在後，不敢再教他。我盡量陪著他聽，他很認真，有些部分他會左一遍、右一遍反覆研究別人的處理方式，然後在譜上畫一大堆奇奇怪怪的符號。大部分的曲子都很好聽，但也有幾首實在玄得很，沒什麼旋律而且速度和節拍都抓不住，我聽得非常痛苦而安祖卻一副津津有味。他看我一臉愁容。『怎麼啦？不喜歡？別一直陪著我，換我陪妳出去玩，逛街，還是滑雪？』

『只是擔心，再要不了多久，我可能就無法了解你的音樂世界了，我對提琴的認知有限，那些曲子完全聽不懂，你說我是不是該向你學學大提琴？』

『傻瓜。』安祖笑道：『照妳這麼說我得向妳學學在冰上旋轉跳躍？吉兒，我們是兩個不同的個體，有不同的個性、想法和喜好，在一起生活才有趣。我不要妳勉強自己來配合我，早在妳對我一無所知的時候，我就愛妳愛得發狂，妳不明白嗎？我愛的是妳，不是鏡子中的我自己，我要妳努力的做吉兒，不是安祖。』

『你讓我鬆了口氣，但兩個人在一起若有共同的愛好，也滿好的呀！像舒曼和克拉拉。』

『何止滿好，那是種求之不得的福分，像我們在一起彈琴，在一起說音樂，是多麼難得的事，但那不是我愛妳的原因。我喜歡妳那天說的，我會遇見妳，因為妳是為我創造的，所以打從妳出生我就注定要愛妳，無論妳後來成了溜冰好手、音樂家、老師、家庭主婦、政客、女老闆或像保羅一樣賣房子的，我都喜歡，只要那是妳喜歡的，我要妳做最自然的妳自己。』

耶誕節那天下午下著雪，我要安祖陪我滑去湖邊，想看看雪花落在湖面的樣子。吉米笑我們有病，天氣好的時候整天待在屋子裡，下大雪連他都不想出去的時候才去滑雪。

『雪片打在臉上很痛的，別說我沒警告妳。』吉米難得關心地說。

我們才滑了幾十公尺就發現最大的挑戰是視線差，強風夾雜著大雪已經看不清，加上地上原有的積雪也被吹上空中飄著，眼前一片白茫茫。連吉米都不玩，滑雪道上的人當然不多，安祖在前面滑得很慢，以免我跟不上或走錯路，花了好一會才來到湖畔。山腳下風不大，雖然仍下著雪，但視線好得多，雪已在湖水結冰的部分積了一、兩呎，而中央未結的部分，則形成碗狀凹槽，仍可以看到水面，遠處的積雪有些動物腳印，我說是鹿留下來的，安祖說是大野狼的。

風雪愈下愈大，本來還想把雪屐脫下在冰面上走走，工作人員告訴我們得坐纜車上去，他們要暫時關閉這條滑雪道。我們坐上三人座的纜車椅，因為人少，沒人和我們共乘，這條纜車線將把我們載到山頂，之後我們還得滑一段才能回到在山腰的小木屋。

風吹得座椅在空中像鞦韆一樣盪來盪去，怪可怕的，安祖趕快把安全桿拉下來，這時我才感受到吉米的勸告，雪片打在臉上像針刺的一樣。安祖幫我拿著我的雪杖，我把頭埋在他肩上，他用另一隻手幫我把帽子和頭髮上的積雪拍去，突然纜車停了下來，我們離山頂已不遠。

有人從纜車盡頭的山頂向我們播報說整個滑雪區大停電，但他們會盡快把我們弄下來。等了好一會，還是沒有動靜。

『怕嗎？』安祖讓我躲在他的臂彎裡。

『才不呢！只是好冷，頭髮都結冰了。』由於氣溫上升，雪中夾雜著冰雨，一落到頭髮和帽子上馬上結成小冰塊。

『嘿！妳瞧，世界為我們暫停了呀！記不記得那次從旋轉餐廳出來在電梯裡？』

我掐了他一下說。『這種事你記得最清楚。』

『那時我多希望電梯就像這樣突然停下來，多給我們點時間。』

我把戴在頭上的雪鏡和帽子都脫下來，也把安祖的脫下，他拉下一只手套，用溫熱的手貼在我冰凍的臉上，熱情地吻著我，我們倆就這樣在大風雪中被掛在空中擁吻，冰雪不停地落在我們的眼睛和臉頰上，化成水流下來。有個工作人員從下面滑過，一一向纜車椅上的人問話。

『上面兩位，一切可好？需要緊急醫療救助嗎？』

我們沒空理他。

『喂！你們得回答我，才知道你們是不是已經意識不清。』

『我們好得很。』安祖向他大喊，然後小聲對我說：『是有點意識不清。』

『電馬上就來，再撐一會。』那人又滑下去，一一探問每個卡在空中的人。

我們又繼續吻著，電果真一會就來了，我們依依不捨地把帽子、眼鏡戴回去。

回到木屋時，裡面暗濛濛的，原來他們用的是備用電力把我們弄下纜車。保羅雖然努力升火，沒有暖氣屋子裡仍然很冷。

『你們可回來啦，好令人擔心。怎麼頭髮全溼了？』媽拿了一條浴巾幫我擦著，丟了一條給安祖，我把我們卡在空中的事告訴他們。

弟幸災樂禍地說：『多幸運啊！兩個人在空中搖晃了二、三十分鐘，要是換成米妮和我掛在那兒，一天都不嫌久。』

我脫下全溼的外套，裹著條厚毯子窩在火邊取暖，和保羅有一句沒一句的聊著，安祖坐得遠遠的，輪流和吉米在昏暗的光線下打著掌上小型電動玩具。我用手摸著刺痛的臉頰，心想一定是凍傷了，瞄他一眼，看到他的也是紅紅腫腫的。

22.

我們從滑雪場回來第二天，安祖就得回學校，他與兩個同系高年級的同學組了一個三重奏室內團，新年前夕在雅典城市區有兩場演出，得趕回去練習，臨走前告訴我，『等妳入學正好取代邦妮，她這暑假就畢業了。』

『鋼琴手是個女孩？』

『泰瑞莎也是，她是樂團團長及首席小提琴手，至少還有一年多才可能畢業。她們倆默契很好，之前就是搭檔，而且小有名氣，我曾在系上辦的音樂會上看過她們演出，滿感人的，泰瑞莎不久前在樂團練習時邀我入夥，她們想在邦妮畢業前嘗試點新鮮的。我們算職業演出，兩場都有酬勞，一場在市中心音樂廳，一場在高級旅館的演奏廳，曲目有布拉姆斯、貝多芬和兩首爵士樂，演出若順利，可以拿到旅館的長期合約，賺點外快。』

『聽起來很有趣。』

安祖聽得出我的語氣無精打采，按著我的肩笑著說。

『就知道告訴妳，一定會惹妳心煩，不過吉兒，她們不一樣，她們是一對。』

『一對什麼？姊妹？』

『情人，感情還不錯呢！』

『情人？』我睜大眼睛問。

『她們並不明目張膽，但熟朋友都知道。當初泰瑞莎邀我時，我就告訴她，妳不喜歡我和金髮女郎走在一起。她很大方地告訴我，她們也訂婚了，正在等喬治亞修改法令，讓她們可以合法結婚，我才敢入夥。練習時她們有時好親熱，一開始我怪不習慣的，後來想到我們練習時不也一樣。哦！她們琴音合得很美，有時聽得都忘了我該出來的部分。嘿！剛認識妳和艾莉時，我一度以為妳們是一對呢！』

『我和艾莉？』我笑了出來，繼續說：『不瞞你，在十二、三歲時還真以為那就是愛情，我們夢想一輩子住在一起，偶爾分離時，常想念對方，我們彼此相愛，但差別在我們之間沒有那種生生世世，心靈契合的感覺，遇見你之前我的心是浮動的，不像現在牢牢地被你牽住，好像找到家一樣。那是抽象層面的，在具體上，說了你別笑，我和艾莉沒事也抱在一起親來親去的，但從來不會令我的心跳血壓升高，不像和你。』

『和我怎樣？』安祖馬上追著問。

『哎呀！你知道的。』我臉都紅了。

『我不知道，妳從不說我怎麼知道？』安祖死追不放。

『唉！我真不知道，還能忍耐多久，記不記得那天我在你車上問你的問題？你的回答讓我鬆一口氣，不曉得哪天我會放縱自己，至少那時你會幫我約束一下。不過你放心，如果你也被我引誘到無法控制，我不會怪你，只會怪自己。』我滿心擔憂地說。

『噢！不能在這個話題上再打轉，不然……對了，我在新年那一天早晨會回來，但第二天又得回去，我媽問了很多次，想請妳去家裡和她聊聊，晚餐時間可以嗎？』

『我以為你永遠不會邀我去你家呢！早就想去見見你繼父，順便看看你的房間是不是像車上一樣亂。』

我在安祖畢業典禮時，見過他母親和彼得，她是個身材瘦小，讓人憐惜的女人，年齡大概比媽小一些，和媽精明、充滿自信的樣子正好相反，她看起來溫柔細膩得多。因為英語有限，大部分時候只是站在安祖旁微笑著，安祖則不停用韓文向她解釋四周發生的事。

新年那天一早，安祖就打電話告訴我他已回來，但又出發往亞城南方一個小城去見羅伯・史丹，他將介紹他認識一個大師級的提琴老師，如果投緣，他可能每個月指點他幾次。

『史丹先生告訴我，到了這個階段，選老師得很小心，不是功力比我好的都能教我，選一個能在音樂性上啟發我的人比較重要，至於技巧，我已經可以完全靠自己琢磨，所以和老師投不投緣很重要，如果不對味，不但浪費時間，而且壞了自己的格調。』

『難怪珍阿姨說她不敢再教你。』

『貝克太太很謙虛，她教我的遠比她想像的多，當年要不是她，我到現在可能還在鬼混呢！她這幾年沒什麼心練琴，技巧退步不少，我現在還常聽一些她當年比較活躍時，一些獨奏及室內樂錄音，許多地方她的處理方式有令人意想不到的表現，很有創意，學都學不來呢！』

『新年還有人願意見你，真難得。』

『所以不敢不去，下午三、四點才回得來，我和媽大概六點左右去接妳。』

『該穿什麼呢？簡單還是正式？』

『什麼都好，妳現在穿的就行。』

我笑了出來，電話中他哪知道我穿的是什麼。

『我現在穿的是睡衣。』我故意說。

『騙不了我，妳大概和艾莉剛練習完，等人送妳們回去。』

他猜得大致沒錯，只是我已經在艾莉家。她明天就要回學校，再見面可能已是暑假。

我告訴艾莉下次見面時，可能在我們的婚禮上，她滿臉懷疑。

『妳在開玩笑。』

『我像嗎？』我把安祖送我的戒指給她看。
『吉兒，不想過幾年快樂的單身生活？剛可以離家自己過日子就嫁人，妳真想不開。』
我以為艾莉會為我高興得哭泣呢！沒想到一點也不贊成。
『我只想每天和他在一起，才不要什麼單身生活呢！』
『你們在同一個學校同一系，還不夠？留點自己的空間嘛！交往個幾年如果仍合得來再結婚也不遲。』
『艾莉，妳不懂，我要的不是和他偶爾約約會。我等不及和他一起生活，我要早晨起來第一眼看到的就是他，我要夜晚擁著他入眠，我要每一分鐘都知道他在哪裡，我要任何時間他想我陪他時，我就在他身邊。我有許多愛我的人，像媽、妳、還有弟弟，他卻只有我，我不要他再過著孤獨寂寞的日子，我們已經互相尋找了十幾年，為什麼還要再等？如果可以，我現在就想嫁給他，連等到夏天都是不必要的。』
『吉兒，我還能說什麼呢？有些人一生戀愛幾十次，都找不到像你們這樣篤定一世的伴侶。』艾莉溫柔地拉著我的雙手說，隨手撥弄著我的戒指，我們倆一起笑了起來。
傍晚安祖坐著他母親開的車來接我，媽走出來和他們問候一會兒，我就帶著媽親手做的蛋糕出門。我穿著高領白色毛衣和深咖啡色長裙，頭髮在後面紮成一束長辮，沒有化妝，因為上回見到他母親時注意到她並沒化妝，不像媽去買個菜都化半天。安祖替我打開前座的門，他自己坐後面，他母親用有些吃力的英語與我寒暄兩句，我則用安祖以前教我的三、五句韓文應付回去。她聽了好高興，一下子說了一堆，我只好立刻投降。

安祖在後座告訴我，他繼父這兩年身體不好，脾氣更差，尤其對他，待會別和他多聊，免得話不投機。他們家和我們家不一樣，有時氣氛很緊張。這時他母親用韓文和他交談了幾句後，他轉向我說。

『媽要我告訴妳，妳今晚美極了。』

『是嗎？怎麼聽起來像是你說的話。』

『沒騙妳，她真的這麼說的。』

『你幫我告訴她，她的皮膚好細緻，我媽塗一堆粉都沒這麼好看。』

安祖說完，她用一隻手輕觸一下臉頰，然後有點不好意思地笑著。好可愛的女人啊！安祖的父親為什麼會拋棄他們？我趕緊把頭朝向窗外，讓車外變換的景物分散我的思緒，不再想下去。

他們家是個單層的平房，有個可以通到後院的地下室。看得出來他母親花在家裡的心思不少，除了窗明几淨外，擺設和佈置都很用心，和我們家大不相同，我和媽若能維持整潔就不錯了，哪有時間裝飾。

『我媽年輕時學藝術的。』安祖指著牆上幾幅油畫和素描。

『喔！很有職業水準，現在還畫嗎？』我問道。

『搬來這裡就沒看她畫過，下去我房間看一眼？』

『你住在地下室？』

『是啊，可以從後院進出，而且練琴不會吵到他們。繼父對樂器聲很敏感，他曾說，我若不在家練琴可以讓他多活幾年。』

地下室和樓上簡直兩個世界，他的房間雖然有個面對後院的窗戶，但光線並不好，滿地散亂著譜和書，桌上一堆CD，床上到處都是衣物。

『本來想整理一下，回來已經快六點，市區裡塞了兩個多小時車。』他搔搔頭不好意思地說。

我一邊順手替他撿著地上的東西一邊問：『你媽這麼愛乾淨，怎麼沒替你收收？』

『這裡是我的聖地，我不准他們進來，以免壞了這個房間的音樂氣味，聞到了嗎？』

『嗯！我是貴客囉！』我吸了一口氣笑道。

心裡想，還音樂氣味呢！再不清理，就快有黴菌氣味了，我正排著他桌上的CD，抬頭望著記事板，突然在釘在上面大小各色手寫字條中，看到一張對摺白紙，上面印了幾行字，用圓圓的磁鐵吸附在白板上，我把它取下來，握在胸口。是我那天約他在餐廳角落見面寫給他的簡訊，他就是在這房間讀了我短短三行字徹夜未眠？我看著他，他正收拾床上的衣物。想到我不是也把他那天留在我冰鞋裡的字條夾在床頭一本書裡，沒事拿出來看一眼，不由得笑了出來。悄悄把它用磁鐵再壓回去，這時聽到樓上彼得的聲音，他繼父帶著彼得回來了。

我們回到樓上，他繼父剛進門，安祖介紹我們認識，他向我微笑點了個頭，我正伸手與他握手，他並不理會，轉身向房間走去，一邊說在公園的遊戲場等彼得玩了快一個小時，很疲倦。我開始感到些安祖說的緊張氣氛。他母親堅持不讓我在廚房幫忙，我就在客廳和彼得玩，他和吉米有若干相似處，頑皮、聰明、話多，而且完全不睬媽媽的話。

晚餐準備好，大家坐定時，他繼父才從房間出來，領大家說了祈禱詞，彼得已經餓得等不及立刻下手，安祖母親很熱情地替我揀了許多食物在盤子裡，還一一慢慢解釋每一樣菜，這時他繼父問：

『吉兒，妳叫吉兒吧？』

『是啊。』我笑著回答。

『家裡有哪些人？』他繼父問道。

『媽媽和小兩歲的弟弟。』

『沒有父親嗎？他是做什麼的？』

喔！好衝啊！我心裡想，倒也不以為意，安祖卻抬起頭用堅硬的口吻說。

『吉兒，不需要回答。』

我拍拍他的腿，要他輕鬆點。

『我父親生前是教書的，在我十歲時去世。』

『高中畢業後，繼續讀書嗎？』

『是啊。』

『學什麼呢？』

『音樂，和安祖一樣。』

『安祖說你們夏天要結婚，問過妳母親嗎？一個正常家庭怎麼會讓女孩十七、八歲就嫁人？』

我低著頭，正思考著這個充滿敵意、不像問題的問題，不知如何反應。這時安祖已經失去耐性地說：『不關你的事，你是關心還是只想羞辱我們？』

我被他突來的頂撞嚇了一跳，看了一眼斜對桌他滿眼怒氣的繼父，害怕地拉拉安祖的衣袖，他立刻握著我的手。

『女人學學也就算了，男人學音樂有什麼前途？結婚要我幫你養家嗎？』他繼父也毫不客氣厲聲地說。

『到此為止！』安祖拉了我站起來，用韓文說了幾句話，不知道是什麼，但他母親聽完立刻滿眼淚水，呆坐在椅子上。他走過去在她的額頭上吻了一下，牽著我出去。

『對不起，得送妳回去，又要破壞一次規矩了，妳先上車，等我三分鐘。』

我本來坐在前座，看到他從後院出來，揹著他的琴和背包，就跳進後座。他把琴放好，啟動車子開出車道。

『提早回學校？』我問。

『而且以後不回來了，我指的是這個家。還是會去看妳，別擔心。』安祖的聲音好平靜，感覺上不是今天才做的決定。

『你還好嗎？』我伸出一隻手放在他的肩上，他輕拍著我的手背說：『沒事的。早就該脫離他們的生活圈，只是以這方式對媽有點不忍。』

『那何必與他頂撞？避避就是啦！』

『他平時對我譏笑諷刺，我早習以為常，避了好幾年，就是為了媽。但是吉兒，剛才他對妳無禮，我絕不能讓妳為我受像這樣的委屈。』

他開了一會兒，我要他把車靠邊停進路邊商區的停車場。

『餓了嗎？先帶妳去吃點東西。』安祖停好車問。

『把引擎關了，開點窗戶，好悶啊！』

四周好安靜，這個時間，又是新年，店全都提早關門，廣大停車場只有寥寥幾輛車，打開一半窗，就像打開冰箱門一樣，冷冷的空氣立即迎上臉頰，一陣舒暢，我深深吸了口氣，努力地壓抑著激動的聲音說：『安祖，你不會沒有家的。帶我走，我要你帶我走，一起不再回來。別等了，就是今晚，我們今晚就結婚吧！』

他把頭轉過來，不可置信地看著我，我肯定而且懇求的看著他的眼睛。他盯著我好久，突然一笑，好開心的一笑，轉回頭啟動引擎，開往另一個方向，上了出城快速道路。

『要我掉頭就說，千萬不要猶豫。』

他一路開著，離市區愈來愈遠，道路旁的燈光也愈來愈暗。新年的晚上車不多，交通很順暢，一直開到四周已經不再有住宅或商區，只剩雜樹林、牧場和農田，這條快速道路才開始不再有交流道，轉為一般道路。我一路充滿期盼，等不及趕快到，這條路好長啊！我不時地催促他開快些，他似乎沒聽到，一點反應都沒有，不曉得在想什麼，反而愈開愈慢，好像在給我時間反悔。過了好一會才遇到一個紅燈停下來，這麼久的紅燈！等得我好焦急，當它轉為綠燈，他仍呆坐在那兒動也不動。

『睡著了嗎？可以走啦！』我搖搖他的肩，他好像夢醒一樣，哦的叫了一聲，開動車後，卻慢慢靠邊把它停在路邊的草地上，打開後座車門，在我身旁坐下。

『吉兒，妳對我的情意我一輩子都不會忘記。』

我的胸口一陣疼痛，我知道他想說什麼，馬上打斷他。

『噢！安祖，什麼都別說，讓我再享受一下就快要和你成家的心情。』

我們沉默的坐了一會，直到我忍不住傷心得哭了出來。

『擔心我們不能過日子嗎？我可以打工賺錢。』

『那是我最不擔心的事。哦！吉兒，我們就這樣一走，妳家人會有多傷心，妳也會想念他們。再幾個月就畢業了，妳不想讀完？妳的朋友，妳的教練，妳真的願意與他們不辭而別？』

『可是我更想和你在一起，我們馬上就有自己的家了呀！不要想那麼多，發動引擎帶我走就是。』我苦苦哀求。

『原諒我，吉兒，真的不能，這麼做會使妳們母女永遠不再來往而傷害到妳，我說過不做傷害妳的事，請妳一定要了解。』

『我不了解！你一定是不夠愛我，才有這麼多不帶我走的理由。』

『還真希望能少愛妳一些，就可以自私地帶妳走。妳知道我比妳更想把妳一步也不離的帶在身邊，妳知道的。』最後一句輕得幾乎聽不到。

他立刻返回前座，啟動引擎後在下一個紅綠燈口迴轉，一路上一句話也不說把車開到家門口。我仍坐在後座不動，他下車替我打開門，在我身旁彎下來說：『求求妳下車，趕快走，在我改變主意之前。』

他說完流下兩滴眼淚，我伸出一隻手擦他的淚，他緊緊地抓起我的手，靠在他的臉頰和唇上親吻著，我一陣氣憤，用力把手抽回，頭也不回地跑進去。

當晚我就寫了封簡訊告訴他，我有多失望。過兩天又寫了封安慰他，我想他可能比我更難過，一連好幾天他一封都沒回，除了那天半夜留在我手機短短兩個字『到了』免得我擔心的文字訊息。我想他一定是老毛病又犯，躲起來練功，避著我。

果然開學第二天他回了我一封信。

吉兒，一直到今天我才敢打開所有通訊用具，前幾天若聽到妳或看到妳的信，一定會忍不住跑回去接妳來，但我不能這麼做。那晚一定傷透妳的心，原諒我。嘿！夏天很快就要到了，雖然等得很辛苦，但它總會守信地來，沒有等不到的。記得以前在住宿學校，每年才一開學就開始盼望著暑假，媽可以暫時帶我離開那個寂寞的地方，每次等得好累，但最後總會來。

安祖，請求原諒的是我，是我害你流著淚求我離開你，是我逼你做這麼痛苦的決定。別為我擔心，我會好好的等，從你那學來的方法，練琴，我把溜冰減到一週兩天，時間變得好多。正在勤練德布西和拉威爾兩人的東西。媽說那是她當年的最愛，教我教得可認真，節拍一點都不讓我混過，一開始彈得很煩，它不像貝多芬、莫札特，意識清楚，表達容易，它彈起來含含糊糊，摸不著邊際的，但一旦熟到能記譜的地步，樂趣就來了，我發現愈玄的東西，想像空間愈大，每次彈的感覺都不一樣。媽對節奏要求得很嚴，說這種後期作家的東西，譜上已經寫得很清楚，如果太過自由，反而失去原味，一開始我不以為然，哪有人彈這種印象派的東西，還一二三四的算拍子，後來發現她說得對，很多地方節拍一不照譜，味道就全失。

吉兒，等不及聽妳彈，我好喜歡這些法國的東西，以前貝克太太曾讓我練過一些聖賞和佛瑞的曲子，都很棒，只是大提琴可練的作品沒有鋼琴那麼豐富，記得那首我們曾練著玩過的〈泰伊斯冥想曲〉（Meditation from Thais）？上回和邦妮和泰瑞莎練三重奏的版本，加了小提琴多些變化，更美了呢，下回帶錄音給妳聽。

我把安祖和家裡決裂的事告訴媽，她很火大，認為男人學音樂有什麼不好，目前世界一流的演奏家、指揮家，大多是男性。她願意貸款安祖生活費用，還說吉米當年若能一直學大提琴到安祖的地步，她對這兒子感到光榮都來不及，怎麼會這樣惡言侮辱？看來她對安祖還滿認同的嘛！我以為她會說他對長輩不敬，而且脾氣不好。我好慚愧，安祖是對的，若那晚我和他就這麼離開了，她不知會多心碎。

我把媽願意借錢的事告訴安祖，他大笑說：『借女兒就好，生活目前還不是問題。』雖然他入大學後，父親已不再支付他的費用，但他的全額獎學金包含生活費，再加上每週五定期有兩場付費演出，省著點還能支付老師費用。

23.

珍阿姨開車載我一道參加二月初在UGA的音樂會。上次來到雅典城，為了試琴，神經緊張沒心情在城裡四處看看，這次珍阿姨特地帶我在街頭逛逛。它是個兩百多年的小城，至今仍和當年一樣是個大學城，沒有什麼其他工業，只有些必要的商業活動，所以一切保有著兩百年前的古風：悠閒的紅磚道，古式建築的市區商業街及一株株百年的大橡樹，讓我一眼就愛上它。我一路讚美著，珍阿姨卻說：『那妳一定沒去過波士頓大學，比起那兒滿街的藝術風氣，這裡感覺像舊時代牛羊買賣的市集。』我才不理她呢！她當然說自己的學校好。

我們在街頭人行道咖啡館歇腳，她特別准我點一杯咖啡因特多的義大利濃縮咖啡。感覺真不錯，想像自己是成熟世故的性感女人，在慵懶的午後坐在這兒，不經意看著街上人來人往，一邊慢嚐手中精品咖啡，可惜太苦啦！簡直吞不下去。

我們與安祖約好演出前一小時在演奏廳後台會面。一見到我們，他馬上停止和別人交談迎了上來，他穿著深黑色燕尾服式的西裝和白襯衫，頭髮梳得難得整齊，珍阿姨對他像大人一樣，讓他有禮貌地握手，不像以前見到他時，總是熱情擁抱。我也學珍阿姨把手伸出讓他握，他笑了一笑，很有風度地拉起我的手在手背上輕吻一下。

『你看起來好像電影明星，哪來這套衣服？』

『瞧，每個人都是電影明星呢！這是樂團制服，很不舒服的。』安祖引著珍阿姨與他們樂團總監、系主任和幾個弦樂組老師一一介紹，有的與珍阿姨並不陌生，一見面就簡單地聊起來，大多稱讚她教出個鬼才，珍阿姨笑得很開心，那系主任見到我，竟然還記得。

『哈！妳是吉兒．張，母親教妳彈鋼琴的對不對？』

『好記性！』我握握他的手說。

安祖向他毫不避諱地介紹說我是他的未婚妻。

『你的什麼？』珍阿姨給了我一個不可思議的表情，然後轉向安祖，等著他解釋。

『我們再不久就要結婚了呀！』安祖鎮定地說。他摟著我的肩頭，我不好意思低下頭看著鞋尖。

『搞什麼鬼！』珍阿姨滿臉不信，一副好像我們在胡鬧。

安祖拉我去見幾個同學，特別是泰瑞莎，她是個甜美的女孩，身材不高，留著一頭美麗的金色短髮。安祖領我到她面前，我才仔細的看到她的面孔，微微一驚。

『妳就是安祖的寶貝？』她用手指觸摸著我的臉，然後轉向安祖說：『她是個溫柔的女孩。』

『看心情囉。』安祖笑著說。

『妳看不到？』我問。

『一隻眼完全看不到，另一隻弱視，天生的。』

『安祖沒告訴我。』

『妳別被她騙，她能看到個大概，只是藉此可以摸大家的臉，我們都不行。』安祖頑皮地解釋著，聽語氣，他們的交情不差。

我伸手去摸泰瑞莎的臉頰和下巴，她笑了出來，我轉向安祖說：『她是個記憶超強的女孩。』我想到她必須記所有的譜，不禁心生佩服，他們也會意一笑。

我們走出去時，安祖告訴我泰瑞莎雖天生眼疾，但幸好出生在好家庭，從小母親伴她讀書、練琴。她入UGA第一天，父親就在系上登廣告聘鋼琴手，每天替她讀譜，陪她練琴兩小時。據說酬勞是代付學費。

『邦妮得到這份工作？』我問。

『聽說當時一堆人來應徵，她選上邦妮。邦妮果然敬業，每天陪她在琴房耗三、四個小時。是不是專心練琴就不知道了，我和她們在一起練，有時真煩，話嘰嘰喳喳的講不完，好的時候又親又抱，不好的時候可以邊彈邊拉，還邊鬥嘴，一心多用，我就沒這本事。』

『啊！好感人。我也可以每天陪你在琴房耗三、四個小時。』

『才不要呢！妳若在我身邊，才不和妳浪費那麼多時間在那鬼地方。對了，待會有個驚喜。』

『是什麼？快告訴我。』我急著想知道。

『告訴妳就不叫驚喜啦，妳帶著妳珍阿姨先出去走走，我得進去做最後準備和熱身。』

這個音樂廳與我上回試琴不是同一個，這是學校主要演出場地，有一千多個觀眾席，舞台很大很深，而且上下兩層。據珍阿姨說上層是合唱團與交響樂團合演時的專屬位置，而下層才是正常演出場地，足夠演出大型歌劇或舞蹈節目。

我們在大廳閒聊著，我告訴珍阿姨旋轉餐廳的事，當然不包括電梯那一段。她笑著說：『看不出這小子騙女孩的手法還真有創意！妳就容易被騙。』

這是場為系上募款的售票音樂會，票賣得不錯，至少坐了八、九成。我們拿了一張節目表，上半場全是小夜曲，他們把各家著名的小夜曲全會集一堂，好有趣，我再往下看，一顆心差點跳出來，嘴巴已經忍不住尖叫著，安祖將演出〈德弗札克大提琴協奏曲〉全曲！不是只有第二樂章。節目表都是改過的，可見是不久前的決定，珍阿姨也很驚訝，她說UGA付給安祖的獎學金辦這麼一場音樂會就划算了。我告訴她，這是最特別的情人節禮物。他送我的情人節禮物總是令人想不到，像〈戴尼斯與克洛伊〉和那首羅西尼的〈羅曼史組曲〉。一想到邁可讓我忍不住又笑起來。

『哦！珍阿姨，我得起來走走。』離開場十分鐘，我坐立難安地告訴珍阿姨，我的舞台焦慮症又發了。

『坐下！又不是妳上台，緊張個什麼？』

『妳不知道，這比自己上場還可怕，萬一他一半忘了，萬一他出錯，萬一弦斷了，怎麼辦？』

珍阿姨打趣地看著我，不禁大笑出來。

『講個故事給妳聽，或許可以讓妳輕鬆些。』

『什麼樣的故事？妳和詹姆叔的愛情故事嗎？』

『小鬼頭開口閉口愛情。是個愛情故事沒錯，不是我的，是有關這首大提琴協奏曲。

『德弗札克年輕時，向一個叫裘瑟芬的女子求婚被拒，而這位女子後來竟成了他兄弟的老婆，痴情的作家來到美國對她仍難忘情，不時書信來往，而裘瑟芬也樂於被這才情洋溢的男子愛慕。後來裘瑟芬身體情況惡化，寫了封哀怨又傷感的信到美國給她的愛慕者，信中滿是寂寞，作曲家十分內疚自己不能陪著她。當時正在寫這首曲子，就修改了部分內容，抒發內心的情意，在第一樂章和第二樂章可以看到很多裘瑟芬的影子，有段旋律甚至是從一首之前他特意寫給這女子的歌曲中，節錄出來的。後來當德弗札克返回布拉格的次月裘瑟芬就死了，他悲痛地把已完成的第三樂章又修改了一部分，待會妳會聽到一段小提琴獨奏，大約就是那段。』

『嘿！這首我和安祖在暑假時就練著玩過，竟然不知道有這麼一段悽美的故事在背後。』

『他肯定知道，不告訴妳罷了，否則也不會拿它和妳練著玩。大提琴和鋼琴好玩的曲子多著呢！這首鋼琴部分只是模擬樂團，妳彈得一定又累又沒趣，他倒練得很過癮。瞧這小子多壞！』

珍阿姨難得用這種調皮的口氣說話，讓我笑了好一會，節目正好開始。布幕一打開，安祖坐在指揮右手最靠外側第一大提琴手的位置，而隔著指揮，正是泰瑞莎，坐在第一小提琴手的位置。台下大部分是學校學生，不同於一般古典音樂會，他們好熱情，許多人喊叫著泰瑞莎的名字，這之中我猜一定有邦妮。顯然她的知名度最高，她向觀眾席回以一笑，也有少數幾聲叫著安祖，多是女孩的聲音，我皺了皺眉。安祖朝我們看了一眼，我輕輕吹了一個吻，他嘴角一笑。

指揮也就是他們的音樂總監，一上來向觀眾行個禮，立刻開始。

安祖非常專心投入，和我過去在演奏會上看到大不相同，成熟專業得多，不像以前即使在台上都常一副凡事不在乎的德性，他幾乎不需看譜，和泰瑞莎一樣。一首接一首的夜曲，他們把全場氣氛帶動得很浪漫，有一段泰瑞莎的獨奏旋律好美，從琴音就知道她也是個溫柔的女孩。

中場休息，我和珍阿姨一到大廳，一個女孩朝我迎面而來。

『妳是吉兒？』

『讓我猜猜，妳是邦妮？』

她是個高大微胖的女人，我猜她應有二十六、七歲，留著深色短髮，聲音很爽朗，有些口音。她笑著點點頭，和安祖一樣有個大酒渦，但只有一邊。她拉著我坐下。

『安祖說你們夏天就要結婚？』

『是啊！計畫是這樣的。』

『他總是說一到夏天就和我們拆夥，因為到那時沒空和我們耗著。』她笑著說。

『怎麼這樣說？太不夠意思，他告訴我和妳們合作很有樂趣的呀！』

『比不上和妳在一起，他等得不耐煩得很。』

『我也是，多羨慕你們可以每天在一起。』

『吉兒，我們才羨慕你們呢！我們盼望夏天不要來。』

『為什麼？要畢業了嗎？』我好奇問。

『我當年大老遠來這裡讀音樂，家裡就不高興，為了泰瑞莎繼續讀了研究所，這回一畢業就得回巴西。』

『留下來呀！』我心想要是我一定這麼做。

『我也想啊！學生簽證就要到期，結婚也不是辦法，喬治亞州不承認。』

『會有辦法的，只要在一起就會有辦法的。』我用堅定的語氣告訴她。她回我一個苦笑，我們趕快進去，下半場就要開始。

幕尚未開，音樂總監就向觀眾解釋曲目臨時更改，而同曲目將在六月於亞城交響廳演出，他稍微介紹一下安祖是他們新挖掘到的寶，希望他能在UGA乖乖留到畢業。

幕一開，音樂馬上開始，安祖坐在指揮左手，泰瑞莎前面，神情很嚴肅，我問珍阿姨他是不是很緊張。

『不是緊張，這本是首感傷沉重的曲子，他必須融入環境，我看他情緒很穩。』

一長段序奏，才引出大提琴第一段獨奏，他琴音一出來有點緊，太收斂而放不開，我擔心得手指不停地顫抖，珍阿姨看了我一眼，拍拍我的手，要我安心。果然兩、三小節後他已完全放鬆，馬上聚精會神的用琴傳述著作者想讓我們聽到的故事，和他自己想說的事，他臉上表情並不多，但手上的琴卻把他心裡的感情，像洪水般地洩放出，擋也擋不住。中間有段三十二分音符，雙弦半音階上升的樂句，當時我們怎麼也練不來，只好跳過，這回卻好輕鬆地從他手指滑過，一點也看不出困難。

隨後那段和長笛的二重奏，將原本雄厚震撼的主弦律，同樣的曲調，以不同的編曲，轉成了優雅而溫柔的慢板變奏，是我覺得全曲最具創意的地方。以前彈到這我總要他重複好幾次，百聽不厭。今晚他的琴聲怎麼聽起來那麼空虛、那麼失望，以前他不是這樣解釋的。我想到那天他求我下車後，獨自開車回去的心情，啊！他是在告訴我這件事，不然不會聽起來這樣無可奈何，一陣陣漸強漸快，似乎又在急著告訴我，他心裡的矛盾和對我的不捨。哦！安祖，我也是啊！自從那天後，他來看我停留的時間更短了，只能當天來回，還得先去城南和新老師學琴。每次才一見面就開始為不久後的道別憂心。過去媽總是在週六讓他留到很晚，知道他不回家而是直接開回學校後，一到傍晚就催促著他走，說週末晚上學校附近開車的醉鬼最多。短短幾個小時積了一個星期的話還沒全告訴他，又得看著他開車離去。每次他走後，總給自己關進房間裡幾個小時，把來不及說的話寫成信送給他，或躺在床上為未來幾天沒有他的日子發愁，媽和弟弟都知道這段時間不能惹我。

第三樂章是我最喜歡的，舞曲般的格式很有南歐風味，中間有一段很有意思，大提琴用輕盈彈跳的弓法音帶出旋律，低音大提琴撥弦輕輕和著，四小節後立刻跟出管弦樂，以一倍的速度和令人驚嚇的音量重複原來的旋律。我們練的時候我告訴安祖：

『這一段很玄疑。』

『玄疑？怎麼說？』

『你的部分像個小偷，偷偷摸摸的不曉得做了什麼壞事，我的部分像警察開著警車、響著警鈴，追著你跑。』

安祖聽了大笑。

『什麼樣東西到妳手裡都可以說得像卡通配樂。』

受到我的不良影響，他每次拉那段輕跳音都會笑到無法繼續，這回只有嘴角淺淺一笑，但一當管弦樂旋律出來，他真的笑了出來。

後面緊跟著快速高難度的指法，在他的手中看起來好協調，這可能就是他說的幾個小節，可以練一晚上的地方。珍阿姨突然拉一下我的袖子，安祖緩緩地把泰瑞莎小提琴獨奏帶了進來，他朝她微微一笑，小提琴尖細的音色和圓厚的大提琴成了對比，雖然只有幾句，但一高一低，充滿了那種天上人間分散的悲悽。我腦中一直暫停在那三、四句，來回重複，好驚心、好可怕的樂句啊！我用手撫著心口，不斷地告訴自己，這是德弗札克與裘瑟芬的事，不關我們的。只聽到安祖拉了一個很長的漸強音，整個樂團所有樂器都漸強出現，淹沒了他的提琴，快速而震撼的結束，那幾句仍在我的心裡打轉。

他抱著琴低下頭，嘆了一口很長的氣，台下如雷的掌聲把他拉回現實，他突然抬起頭茫然地看著台下，好像至此才意識到這廳裡好多人。指揮示意他起來向觀眾致意，他從容地把琴放在地上，向台下深深一鞠躬，大家都站起來鼓掌，我看到珍阿姨眼中閃著淚水。他與指揮握手後，轉身與泰瑞莎及舞台中央的短笛手握手，再向觀眾敬一次禮，目光找到我們，朝我們開心地點頭微笑，露出兩個迷人的酒渦。

我問珍阿姨安祖的表現如何，技術上我懂得不多，只知道整曲流暢而感人，但他的音樂一向感動我，就不知外人尤其行家的看法。

『吉兒，我只能說，他的境界已不是UGA交響樂團、或任何一個大學樂團所能配合的，他的確需要多些與樂團合奏的經驗，但那並不是什麼大問題。我看得出這一年妳幫了他很多，妳改變了他，之後他的成功仍需要妳幫他。』

『怎麼幫他？』

『推動他，而不是絆著他。』

『舉個例吧！妳說得好深奧。』

『譬如，UGA就不是他久留的地方。』

我聽了差點哭出來，費了好大力氣，就快能在一起讀書生活，她卻覺得安祖該換地方了。看我一臉鬱悶，珍阿姨連忙說：『剛剛完全站在惜才，畢竟他和我師生許多年，而妳也是我從小看大的，怎麼會不希望妳過得快樂？很多事站在人生的觀點，看法或許又不同，瞧！無論我當年在交響樂團多活躍，一生了孩子不是全部放棄？而且一點也不後悔。』

無論再怎麼多加解釋，她的話已經牢牢地掛在我心裡，剛才那音樂總監不也說希望安祖留到畢業？難道他也認為安祖不屬於這裡？

我請珍阿姨在大廳等我十分鐘與安祖道別。我沿著廳外長廊向後台走去，許多團員已經帶著樂器走出來，我四處張望，並沒看到他，到了後台才發現他被一堆人圍著。看到這麼多陌生人我就怕，本想回頭走了，還是忍不住悄悄溜到他的後方，拉了一下他的衣袖。

『啊！吉兒，這位是史丹先生和新老師米勒先生，沒想到他們也來了。』

我和他們一一握手，他們都直稱讚安祖表現得比平常排練的還好，一群人聊著六月演出的事。

『珍阿姨還在等我，得走了。』我在安祖的耳邊說。

他向那群人暫時告離，跑著把我拉到轉角樓梯下，緊緊地把我摟在懷裡說。

『哦！為妳一個人演出的，滿腦想的全是妳，和我們的事，妳聽出來了嗎？』安祖一臉興奮地說。

『怎麼會不懂？』

『哈！妳不喜歡，一定是幾個混過的地方被妳逮到，剛米勒先生還提到說，有兩段在六月前得好好解決一下。』安祖注意到我神情黯然。

『不是的，這我哪會發現？今晚你打動的不只是我，是全世界。安祖，你琴聲太完美了，讓我又愛又怕，不敢接近，只能遠遠地聽著。』

『嘿！怎麼和剛認識妳時，我說的話一樣？吉兒，再這樣我得和妳媽一樣轉系啦！來，妳看著我。』

他牽起我的雙手，打開我的手指，放在他的臉頰上說：『和幾個小時前的我有什麼不同？說過屬於妳一個人的，永遠都不會變，不用妳來接近我，我會緊緊地追著妳不放。』

我笑了笑，嘆口氣靠在他的肩上，為什麼兩個人只是想在一起，都這麼複雜？想到邦妮和泰瑞莎，不也是。

24.

『米勒先生臨時取消今天的課，我有一整天陪妳。』

週六早晨安祖打電話來，我馬上打電話給安娜取消了晨間溜冰課。

『想不想出去走走？』安祖不到九點就出現在門口。

『都行，在家彈琴或什麼都不做也可以。』我回答。

『帶妳去看船，問妳媽可否接送我們去湖邊。』

結果媽沒空，她得工作。

『破例一次，讓我坐他車嘛！開去湖邊只要二十分鐘，我們一到就打電話給妳，中途絕不耽擱。』

『一次？別以為我不知道妳破例過幾次。』

『上回從他家回來，妳也知道，不得已嘛！』眼看情況愈來愈糟，我急忙解釋。

媽提高了音量，『還有什麼事沒告訴我的？吉兒，我從小對妳嚴格，不是要妳怕我，而是要妳養成約束自己的習慣，這點妳做得很好，妳比吉米自動自發得多，什麼都不必我盯著，媽很以妳為榮。只是我發現妳現在很多事常瞞著我，小事也就不計較，但像申請學校，像……我一直在等妳找我商量，難道我這麼難溝通？』

面對這麼突來的變化，我心裡正在想要如何應付，安祖從客廳走進廚房。

『對不起，不小心聽到妳們對話，Ms.張，妳和吉兒之間的問題，全是因我引起的，不介意我在這陪她和妳一起商量？』安祖從容地說，我有種得救的感覺。

『當然介意，我聽你說的已經夠多啦！現在要聽聽她怎麼說，你在旁邊她一句都不會說，請讓開。』說完要我跟她上樓，安祖滿臉同情，我勉強擠出一絲笑容，告訴他別擔心。

走進她房間，她把門關上，要我沿床邊坐下，她拉了張椅子坐在我對面。

『我知道妳急著和他出去，我待會也有事，我們就不繞圈子，妳的計畫是什麼？』媽開門見山地說。

『什麼計畫？』我仍做最後掙扎。

『咦？安祖沒跟妳提上回他已經告訴過我一些。』

『哦！那是舊計畫了。』既然瞞不住，只好攤牌。

『喔！有趣，還有新的？把舊的先說來聽聽。』

『妳別難過哦！不是怕妳才沒和妳商量，是不想讓妳傷心。』

『先做了再讓我知道，我就不傷心？』

『不，不是的，還沒想好要怎麼告訴妳。』我吞吞吐吐地說。

『那就直接說！不要拐彎抹角。』

『好吧！原來打算等到八月我一滿十八歲，我們就先結婚，哦！順便一提，他向我求婚了。』我把戒指拔下來給媽看，她嘴角不小心一笑，馬上又回復嚴肅。

『什麼時候的事？』

『去年八月我十七歲那天。』

『這麼久以前？和他交往沒多久嘛，他可真急呵！』

『他那麼呆，哪想得到和我求婚嘛！之前我就和他提過，十八歲可以嫁給他，我可沒逼他喲！沒想到他突然開竅，向我求婚，下回等妳心情好點再告訴妳他是怎麼向我求婚的，好別出心裁啊！那是我這生所經歷過最美的一刻。媽！爸是怎麼和妳求婚的？』

媽微微一笑，又立刻收起笑容說：『別想打岔，怎麼這麼早就想嫁人？』說完細聲嘆了一口氣。

『我想反正讀大學也是要離家，又不會因為嫁人而提早離開妳，另外一點妳可要信任我，唉！妳若不信也就算了，誰叫我什麼都不告訴妳。我和他至今可沒做出什麼超過範圍的事，我想，暑假過後我也去了UGA，整天和他在一起還要維持不過界，那就不大容易，乾脆先結婚算啦！不過這些都不是主要原因。』

『還有別的原因？妳的理由可多啊！』

『媽！他不像我這麼幸福，有一個安定的家，他從小就沒有家，沒人真正的讓他感受到家的溫暖，這些年他總被人嫌來嫌去的，讓我多心疼。嫁給他，這麼一件簡單的事，就能讓他有自己的家，一個他盼望了好久的東西，妳知道嗎？只有我能給他，而且這麼容易。哦！我答應他求婚時，他好快樂，整個人都快飛起來了呢！不怕妳生氣，我早就決定無論妳同不同意，今年夏天我是一定會嫁給他。我知道妳愛我，有一天妳一定會原諒我，但我絕不能讓他失望，他一生中令他等待到失望的人太多了。媽，妳放心，他對我比對他自己還好，我也不會虐待他，生活的困難我們會一同克服，只要能在一起。』

我用毫不畏懼，而且堅定的眼神看著媽，她微微一驚，大概從沒看過我這麼固執的樣子，她閉眼深深吸了口氣，又張大眼盯著我問：『那新計畫呢？我看這舊計畫挺合你們需要呀！怎麼又有新花樣了呢？』

『新計畫還沒出爐呢！腦袋想破了都還沒想出個辦法。』

『舊計畫哪裡不好？』媽嘲笑地說。

『那天音樂會嘛！妳不該錯過的，連珍阿姨都聽到高興得掉眼淚。』

『這樣不好嗎？』

『怎麼會不好呢？我現在又更崇拜他啦！那天音樂會完，珍阿姨就語重心長地勸我一定要幫助安祖，說他是個奇才，UGA不是他久留之地。嘿！連他們音樂總監自己是UGA老師都這麼說。』

『哦！我懂了，這回申請了三個全在UGA的系，苦心白費，他得走人了。』媽口氣帶著消遣我的味道。

『那倒不重要，最多不唸了，跟著他到處去就是。問題在他不肯，他說我不繼續溜冰訓練已經令他痛苦不已，他絕不讓我為了他停學，要轉學除非一起轉。妳知道那有多難？他若申請到紐約茱利亞之類的地方，就憑我那三、兩下，妳也知道，只能唬唬人的鋼琴，哪裡進得去，而茱利亞正是珍阿姨認為安祖該去，而且一定進得去的地方。』

『這聽起來的確麻煩，那安祖怎麼說？』

『他說再提一次珍阿姨說的話，他就和妳當年一樣轉讀個什麼賣房子的系，問題就解決了。所以現在只有我一個人在傷腦筋。』

『妳說他二十歲了嗎？』媽突然問這不相干的問題。

『再過十幾天，為什麼問？』

『今天讓妳坐他車去，中途不許到處逛，車上不必要的話不許多說，一到就打電話給我，清楚嗎？』

我不敢相信我的耳朵，重複一遍，『妳讓我自己坐他的車？我沒聽錯吧！』

『唉！怎麼管得住呢？都快嫁人啦。』媽口氣雖傷感，但很溫柔，她繼續說：『十八歲就嫁，對媽來說真的很難接受，妳知道媽有多不捨。那天聽安祖說，我認定妳想法幼稚，一時沖昏了頭。這回聽妳說連我都有點感動，妳並不像我想的那樣，而且他也算處處為妳著想。除了太年輕，很多事得事先計畫外，我看不出什麼你們不能結婚的道理。至於珍說的也沒錯，要解決並不是沒有辦法，我倒有些主意，讓我想想再告訴妳。』

我聽得說不出話來，她拿著皮包在我額頭上吻了一下，走出房間下樓和安祖交代些話。我急忙下去告訴她，我們三十分鐘後才能出門，我有一大堆話要告訴安祖，免得忍不住在車上講。

25.

我們一到湖邊，安祖把車停在正好面對湖面的車位，熄火準備下車，我把他拉住。

『好不容易你的提琴小姐終於讓位，讓我坐久一點，這裡視野很好，我們就在這裡看船。』

安祖搖下了窗說：『妳聽！』

湖面上一隻隻帆船，遠遠近近的張著滿帆隨風緩行，依稀可以聽到金屬帆繩敲擊桅杆所發出叮叮咚咚的聲響，每一艘的頻率都不同，合在一起像個打擊樂團。

『吉兒，今天是個值得紀念的日子。童話中的公主總是一吻就醒過來，一年前的今天，有個公主，原本好好的，不小心被人一吻，就開始一直昏迷到現在。』

『一定是中了王子口中劇毒。』我笑著說。

他突然想到什麼，在車後座翻了半天，『放點音樂給妳聽。』

啊！是我們的『DUET』，我那張早就找不著了。

我靠在他的肩上，他摟著我，我們靜靜地一首又一首的聽著，好像五、六十歲的老夫妻那樣悠閒，我抬頭看他一眼，看到的不只是我的情人，而是我的親人。聽到最後一首

〈VOCALISE〉，前奏兩個E小調和弦一出來，立刻一股有點噁心的恐懼和空虛感湧上胸口，我一陣反胃，趕快把音樂關了，衝出車外，環抱著臂差點吐出來，安祖馬上跟出來。

『吉兒，怎麼啦？妳生病了嗎？哦！妳的臉色不好看。』

他拍著我的背，我心跳得好快，那陣可怕的感覺只停了幾秒就漸漸離開，但心跳仍未回復，連呼吸都有點困難。我彎著腰走了兩、三步在前面草地上坐下來，餘悸猶存。他在我旁邊坐下緊張地問我，是不是有過敏或氣喘之類的毛病，該不是真的食物中毒。

『我沒生病，說不上來，那首歌……突然的空虛感令我反胃。』

『空虛感？』

『心中好像有個大洞一直下沉，現在好了，沒事的。』

安祖怕我病了，提早送我回家，要我乖乖躺在沙發上休息，告訴他沒事就不相信。

『妳剛才樣子有多可怕，妳不知道？全身發抖、臉色慘白，妳確定不用去看看醫生？』

『告訴你我沒事的，這樣好了，你練琴給我聽，突然想聽你的琴。』

他把琴拿出來拉了一會兒，我就躺著昏睡過去，一醒來媽已經回來，天開始暗了。怎麼昏睡了這麼久？

『安祖說妳病了，或是食物過敏。』媽摸摸我的額頭。
『他呢？』
『剛要走，還在門口。』
『怎麼沒跟我道別？』
『他說看妳睡了不想吵妳。』
我立刻跳起來，鞋也沒穿，一頭散髮衝出門外，他剛把車倒出車道，我追了上去，他停下來搖下窗。
『嘿！怎麼光著腳，也沒穿外套？』
『怎麼不叫醒我就走？』我好生氣地說。
『看妳睡得好甜啊！』
『也沒和我說聲再見。』
『再見啦！』
『也沒說你愛我。』
『我愛妳，在清晨，在午後，我愛妳，在傍晚，在月下。』他笑著引用一首童謠的歌詞。
『今天還沒吻我呢！』

『有啊！一來的時候，還有湖邊呀！』

『不記得了。』我急著說。

『這倒是再多都不嫌麻煩。』他下車把我摟在懷裡，一點也不避諱地吻了我一會兒。

『還有嗎？』他笑問。

『說你永遠不離開我。』

『不行啊！現在不就得走了？』

『好呆呀！我指的是那種永久分離，譬如你不再愛我了，不是那種幾天不見的。』

『我永遠不離開妳。』他笑道，邊說邊坐回車上，我蹲低了些趴在車窗上，他握著我的一隻手。

『說你永遠記得我。』

『邏輯還真不好，不離開妳，怎需要記得妳。回去之後會整天想妳倒是真的！』

『最後一件事要告訴你。』

『是什麼？』他的聲音好溫柔。

我看著他深情的眼睛輕輕地說：『我永遠都愛你。』

『我知道，我永遠都知道，而且永遠都記得。』他拍拍我的臉。

看著他離去，突然好想再把他叫回來，可是車已轉出街底。

26.

三月中，珍阿姨又送來一堆譜，要我幫忙彈。啊！好快，一年了，又是她開學生演奏會的時候。三月是個值得紀念的季節，因為那是我們開始相戀的季節。

我告訴安祖，珍阿姨希望他能在演奏會上表演，鼓舞她其他學生，雖然他已不再向珍阿姨學琴。

『錯過去年很過意不去，正好她給我一個補償機會，拉赫曼尼諾夫〈G小調奏鳴曲〉行嗎？』他在簡訊上說。

『你知道那是我再彈一千遍也不會膩的歌。』

天還沒亮，我又求媽送我去冰場，雖然已經打算暑假後就不再繼續訓練，但我仍熱愛這個伴我成長的地方。每當站在場中間，音樂一響起，我全身的細胞又醒了過來，血液又開始流暢。久久若沒有在冰上快速滑幾下，總感覺到處不對勁。

今晨特別冷，都已經三月，春天怎麼還不來？昨天傍晚下場雨，入夜後雨水在路上結成一塊塊冰，媽把車開得很慢，以免打滑，尤其是當過橋和上交流道的那些地方，冰結得更多。

她送我到，立刻離開，要我練習完自己走到附近校車停靠的住宅區坐車上學。我用力扯綁著冰鞋的鞋帶，看到艾莉留在鞋上的簽名，好久沒聽到她的聲音，待會一定要記得打個電話給她，她一定和我一樣也在做晨間練習。想到安祖，自從那天湖邊回來，就沒再看到他，上個週末他有兩場室內樂演出，兩天前他又好失望地告訴我，這週末得和米勒先生飛去紐約參加一個弦樂研習，週五早晨就得出發。我問他在紐約哪裡，住什麼地方，他含含糊糊地說全是米勒先生安排，後來才在網路上查到，原來就在茱利亞，那研習會還不是誰都能參加，得受邀才行。他一定是怕說了會令我心煩，其實我反而替他高興呢！為了要他好好享受整個旅程，故意告訴他，正好媽也想帶我和弟弟出城。

穿好鞋走進場中，先滑了十幾圈熱身，就發現不太對勁，精神一直飄忽不定無法集中，差點撞到人。我滑到場邊喝些水，拉拉筋，調整一下呼吸，再回到場中，做了幾個簡單的旋轉和單轉跳躍，身體好不容易才慢慢回復正常。我試著加速，嘗試最近愈練愈順的三轉Lutz。通常我習慣在起跳前把十字倒溜的線條拉大，一直倒滑到接近角落再起跳。我先正面加速，滑到中場轉身成倒滑，滑了兩、三下右腳離地留下左腳單腳倒退，正準備拉直右腳向後用鞋尖點冰起跳，一陣說不出的恐懼感襲上心頭，啊！好熟悉的感覺，一顆心止不住地往下沉，潛意識想著『起跳，快起跳』，鞋尖一點，身體立刻彈跳在空中，但重心完全偏離，就在高速旋轉中重重落在冰上。由於起跳已遲，摔倒時離牆距離已不到一、兩呎，肩先著地，右前額和背隨即撞上場邊圍欄，臥倒在冰上。

我試著爬起來，頭雖暈眩，但令我無法動彈的是那陣恐懼感，我想起來了，和那天在湖邊害我差點吐出來的感覺一樣，好空虛。賀伯就在離我不遠處，先滑過來，只聽到安娜喊著我的名字，聲音很著急。

『吉兒，哪裡受傷？試試腳和脖子可以動嗎？』賀伯彎下來問我，但並未拉我起來，也阻止安娜碰我，他怕我萬一骨折，若被亂移位會更糟。

我照他說的做，自己慢慢爬起來：『我沒事，額頭和肩有點痛，不礙事。』我扶著牆，忍著疼痛。

『之前看妳就不大對，手腳很不協調，可能生病了自己不知道，剛剛好危險，今天就到此為止。』安娜催促著我出場。

回到大廳中，時間還早，離校車來還有一個多小時，我換好鞋，找了些冰塊敷著紅腫的前額，心中納悶著，難道這是家族遺傳，心臟病前兆？

拿出手機想撥個電話和艾莉聊聊，螢幕上有個文字訊息。啊！是從安祖手機發出，幾小時前了。

一會見。

我四處張望，他不在呀，我又跑出去外面停車場，一大早空空的，也沒他的車。

這時天剛亮，昨晚一場雨後，今晨天空是柔柔的水藍色，裝飾著幾抹淡薄粉彩的雲，還有一、兩顆星子仍閃爍著，美極了。他會來嗎？就在這兒等他吧！想到他在畢業前，也常在這樣的早晨來看我，正沉浸在甜甜的記憶中，握在手裡的手機響了起來，機體的震動像電擊般刺著我的手心，嚇得我跳了起來。啊！是安祖打來的，我一接通就先說：『嗨！安祖，你在哪裡？』

電話那端不是安祖，斷斷續續的，是個女人的哭泣聲，和些我聽不懂的話，我仔細聽，認出那是安祖母親的聲音。

『Ms.楊，妳怎麼了？慢慢說。』對面聽來一片混亂，我急死了，對著手機喊。

『安祖，安祖，接電話啊！你在哪裡？』心想電話這東西真害人呀！好不講理。我不停喊安祖，卻一直沒聽到他的聲音，終於那一端換成另一個女人的聲音。

『妳是楊太太的朋友？』

『不，我是安祖的未婚妻，他在哪裡？妳們為什麼拿著他的手機？』我急著問。

她鎮定地說：『我是葛萊迪紀念醫院的護士，Ms. 楊要我告訴妳，安祖．楊在這裡。』

『他在醫院做什麼？繼父生病了嗎？』

『不，安祖今晨因車禍被送來，妳最好過來一趟。』

我的胃緊緊地縮成一團，急忙地問。

『情況呢？很糟嗎？』想到Ms. 楊哭得說不出話，對方猶豫了一下。

『不好，抱歉我不能多說，先別慌，來了再解釋。』

手機從我手上掉下來，心口像被一拳拳重重擊著。

『安祖，等著，我一會就到。』我心裡不斷唸著，撿起地上手機，眼睛模糊得看不清楚按鍵，手指不停的抖動，好不容易撥出媽手機號碼，一聲又一聲，好像過了一個世紀，媽才接起來。一聽到我在哭，她尖叫地問。

『摔傷了嗎？妳在哪裡？』

『我沒事，但安祖……』我泣不成聲地回答。

『在那兒一動也別動，我馬上來。』媽命令地說。

27.

這是我一生中最漫長的等待，我抱著抽痛不已的胃，坐在外面的長椅上，眼淚不住的流，那可怕的空虛和恐懼又湧了上來，這次不像前兩次一下子就消去，而是一陣又一陣，一波又一波，一次比一次強烈。啊！同一張長椅，一年前不也是正坐在這裡讀著他留在鞋中的字句，他第一次告訴我，他愛我。他現在孤獨地躺在醫院裡，而我能做的只有等，情況不好，是多不好呢？如果不嚴重，他們應立刻告訴我才對呀，為什麼不說呢？我的心已經慌得無法規律跳動，呼吸也只能淺淺喘著，腦中一片混亂。媽終於來了，抱著我。

『哦！媽！我好怕，他會不會像爸一樣？』

『別多想快上車，額頭上怎麼了？』

由於路面結冰，開往市中心方向交通很糟，停停走走的，我一陣反胃，要媽把車停在路肩，打開車門衝出去把胃裡僅有的水全吐了出來。

回到車上媽紅著眼說著。

『吉兒，媽可憐的寶貝。』她揉著我的肩頭，要我和她一同祈禱，讓我們有勇氣，用平和的心，面對我們將面對的。我的心的確不再那麼慌亂，但媽為什麼不直接請求祂讓安祖沒事呢？

我需要的不是什麼勇氣和平和的心，我要的是他好端端的在我身邊。

一到醫院，媽四處問消息，臉色非常不好，找到安祖的房間號碼，在進房間之前的大廳就看到安祖母親與一個社工人員，和一個像是醫生的三人坐在一起。她好像失神了般，看到我激動地抓著我的手，說了一串我完全聽不懂的韓文，彼得從旁邊冒出來，剛才並沒注意到他也在。我問他，他母親說什麼。

『我媽說妳是他死前最想見到的人。』

我一聽到『死』字，全身開始顫抖，雙腳差點站不穩，稍微回神後直接衝向那房號一面大喊著，『哦！安祖！』

媽把我從後面拉住，剛才那高壯的社工人員阻在我的面前。我直喊著：『安祖你快出來，他們不讓我進去，快開門呀！』

她表情溫柔，但口氣堅定地說：『我們會讓妳進去，但得先讓妳知道發生了什麼事，有心理準備，妳若沒辦法平靜下來，可以考慮打一針鎮定劑。』

我掙開媽抱住我的手說：『快把要說的話說完，好讓我進去，他在等我，等了好久了啊！』

她要我坐在她身旁，我努力讓哭聲不干擾她說話。

『安祖在清晨四點左右被送來這裡，據警方報告他被酒醉闖紅燈者攔腰撞上，與地面溼滑也有關，而肇事者已被逮捕。他的四肢及身體有多處外傷及骨折，而真正令醫生束手的是他的頸椎嚴重受損及腦部傷害，他出事時繫著安全帶，但撞擊實在太強烈。』

我雙手掩著嘴，『噢』一聲哭叫出來，她繼續說。

『醫生努力了一、兩個小時後，完全放棄希望，就把他的外傷傷口收好，現在他靠管線還有生命現象，但預期只有幾個小時，我得告訴妳，他的臉也有些外傷，可能不像妳認識的他，而且已經聽不見、看不到也沒有知覺，妳若不想看就不要勉強。』

『妳說完了嗎？可以讓我進去了嗎？』我哽咽地說。

媽抱著我說：『妳確定嗎？』

『難道妳不知道如果不讓我看著他死在我的身旁，我不會相信他的死，我會尋找他一輩子。』

剛打開房間門的那一刻，我還幻想著他們弄錯了，躺在那的不是安祖，才看一眼，我的心就陷入無底深洞。他那雙緊閉的眼再也不會張開看我一次，我用手輕輕地撫摸著他的臉和唇，然後在他蓋著的薄薄床巾下找到他的手。怎麼這麼冰冷呢？他的手不是一向溫熱？我好喜歡被他握著，因為我的手才總是冷冷的。我把他的手放在我的臉頰，想讓它暖起來，可是過了好久，卻一點用都沒有，就難過的哭倒在他身旁，只有眼淚沒有聲音。他睡得那麼甜，不能吵他，像那天他不忍心叫醒我一樣。

不知道哭了多久，這中間有人進進出出的，但都沒有打擾我們，能在他生命的最後安安靜靜地和他單獨在一起，也是種福分。我看著手上他送我的戒指，啊！我們有好多事都來不及了，你還說不管等得多辛苦，夏天最守信，總會來的。我多想我們能有自己的家啊！那晚為什麼不就帶著我走，我們兩個為什麼總是你為我想著、我為你想著。安祖，不能再等，我們快沒有時間了。

我立刻衝出房門，到處找媽，她在另一個房間伴著安祖母親，媽說她被打了鎮定劑後才停止歇斯底里的哭叫，但變得呆滯無神，我請她們一起來，當作結婚證人。

回到安祖身旁，我把戒指拔下來，把我頸上那條安娜送我的項鍊取下，然後開始讀結婚誓詞，我的聲音出奇地平靜，我替安祖先說『我願意！』時，彷彿聽到的是他的聲音，然後該我說的時候，我連續說了三聲『我願意！』媽難過地喊了一聲『吉兒！別這樣。』和安祖母親相對而泣。

我邊哭邊笑地把項鍊替安祖戴上，拿起他的手指小心地把我的戒指戴回去，告訴安祖，

『我現在宣布我們是夫妻，你可以吻新娘了。』

我在他的唇上深深地吻著，啊！這是我們此生最後一吻，你不會沒有知覺的，我離開他的唇，看到兩顆眼淚從他的眼角滑出。

『安祖，謝謝你，我知道，我永遠都會記得。』我小聲地告訴他。

幾分鐘後，醫生護士敲門進來，他們由外頭的顯示器看出，安祖已完全沒有生命跡象，醫生不可思議地看著安祖眼角的淚，又多做了一些檢查確認後，才把所有管線拔下，時間是下午三點十五分。

28.

安祖走的那天晚上，艾莉就趕回來陪著我。

『讓我陪妳一整晚，我不要妳孤獨地度過黑夜。』

『不，妳回去吧！我不孤獨，他會來找我，說好一會見的。』

我坐在床邊，對著窗口望著黑漆的街道，耐心等著。媽和吉米不時進來查看，大概是怕我想不開，我一再保證不會做出讓他們傷心的事，他們就不信。唉！若真能跟著他去，哪有不跟的呢？即使是死也不怕呀！但萬一去的是一個，不但沒有他，也沒有他的記憶的地方，不如留在這裡，至少可以不停地想著他，讓他活在心裡。

天沒亮多久，艾莉又來了。

『他失約了。』

我精神恍惚地告訴艾莉，臉上再用力也擠不出任何表情，我已經不知道如何哭，如何笑。眼睛焦聚只能落在遠方，我好累，但一點也不想睡，一會兒記得好清楚，昨天發生的每一個細節都映在腦中，一會兒卻再也想不起為什麼心情那麼沉重，只記得他這個週末好像要遠行，下週末才能再見。

艾莉像哄小孩一樣抱著我坐在床上，要我睡一會，我不懂為什麼白天而且外面天氣這麼好，她卻要我睡。我仍耐心地等著他，偶爾把手機拿出來看一眼上面那簡單的三字留言。

『我早已向他學會如何等待。』我告訴艾莉。

『吉兒，他不會再回來的，妳若睡一下，他可能會到妳夢裡來。』艾莉說完把頭別過去暗暗哭泣，我把頭埋在她的腿上。

『艾莉，我怎麼會不知道呢？我只想暫時讓自己活在想像空間裡，一旦耐性用盡，自然就回到現實。』

『只怕那時妳已心力交瘁，不成人形。吉兒，別這樣讓人心疼，好好愛惜自己，你們會有重逢的一天。』

『重逢？那是多久？我現在就好想他啊！好想馬上看到他，聽到他，感覺他。兩天前他才寫了一封好長的信給我，怎麼突然就消失了呢？』說完我在艾莉身上哭了起來。

『哭累就睡一會，睡醒後妳會好些的，我保證。』

我真的睡了一下，醒來時好像是中午，艾莉已不在房裡。我瞪著天花板，希望自己作了一個噩夢。

走出房門，媽在電話上提到葬禮的事。葬禮？是安祖的葬禮嗎？媽把我用力地抱在懷裡輕聲說：『照顧自己，別讓艾莉兩頭忙，她得幫我。』

她交代艾莉些事，就匆匆出門。

艾莉說媽徵得安祖母親同意一手安排葬禮事宜，因他母親和我一樣悲傷不已，自己都快進了醫院，繼父身體不好，也無心插手，媽只好出面打點一切。

啊！原來我也成了負擔。艾莉說我已很久沒吃過東西，給我一杯濃稠的液體，我看了很難過，但真的已經感覺手腳發軟，就皺著眉勉強硬吞了下去，又喝了一大杯水。我要能像媽說的照顧自己，不讓艾莉一步不離的為我擔心，我不要昏迷過日，我要能思考、能記憶，在未來的日子裡，安祖留給我的就只有回憶，我要能清清楚楚地記得他的來、他的去。

艾莉說安祖的葬禮在四天後的星期日下午，正是他十九歲的最後一天。媽從安祖母親那兒拿了他的手機，查出許多電話號碼，要我列出就我所知安祖常來往的人，由艾莉一一通知。

『吉兒，我知道這對妳很困難，但好好想想安祖和妳在一起時，可曾提過任何有關他身後的事，或尚未完成的願望？他走得太突然，沒留下一句話。』艾莉問我。

『和他在一起活著的事都說不完，哪有時間談死後，他的願望我們已經在他生命最後一刻完成，他曾提過將來要與亞特蘭大交響樂團合演大提琴協奏曲，這件事永遠無法成真。』

他的記憶又一幕幕回到我的眼前，那天在UGA的音樂會，他在台上演奏的樣子好迷人啊！我閉起眼睛，想到我們的第一個吻，我的第一個吻，就像昨天才發生的，我仍清楚地記得那全身觸動的感覺，突然想到那首歌。

『〈VOCALISE〉，他曾說過他的葬禮上要用這首歌。』啊！不是個玩笑嗎？

艾莉立刻拿起電話撥給珍阿姨，請她在葬禮上演奏。珍阿姨馬上出現在門口，帶了張CD來，那不是我們的『DUET』？我找了好久，哦！上回去她那兒放那首〈西班牙舞曲〉給她聽忘了帶回來。

『何不用安祖自己的？』珍阿姨說完，留下CD轉身就走，我看著她邊走邊擦著淚，她一定是把它全部聽了一遍才發現〈VOCALISE〉也在裡面，因為它是最後一首。吉米在製作封面時並未在封面上打上曲目，只寫了個大大的標題，演奏者、特別是錄音師的名字在上面。

29.

葬禮那天，我第一次見到他的父親，年約五十，身材和容貌皆與安祖神似，也有一雙酒渦，我可以想像他們若站在一起會是多麼好看的一對父子啊！

『謝謝妳陪安祖到最後。』媽向我介紹他的時候，他對我說。

我聽了微微一驚，他們連說話聲音都好像。

『你錯過了他的婚禮，他一直希望你能來，他多想再見到你呀！葬禮才來有什麼用？』媽聽我口氣充滿怨恨，馬上把我拉開，我心裡還有一萬個問題想替安祖問他。他寂寞、他失望、他迷失、他需要指引、需要人分享榮耀和喜悅時，他都在哪裡？為什麼消失了這麼多年，才在這時出現？同樣渴望父親的愛，我覺得我幸運，因為父親不曾遺棄過我們，而他覺得他幸運，因為仍有盼望。無論怎麼想，結果卻是一樣，我們都只是在安慰自己。

葬禮儀式很簡單，我完全沒注意牧師在說些什麼，只是呆望著躺在那的棺木。一年好快啊！以前總告訴他只愛他一生實在不夠，他卻說我貪心，有人一生都找不到可以愛一天的人。他曾提過永恆生命，但因為我不喜歡聽到死，就不再說了，我該多聽的，或許他真的在未來的某處，耐心地等待著我們重逢。但眼前的日子要怎麼過呢？這兩天媽找了社工諮詢和心理醫生來家裡談，我什麼都說不出。我們之間的事怎麼能用言語表達，他們又怎麼能懂？只有我們自己才知道的呀！

我胸口仍止不住沉痛，但卻再也流不出眼淚。安祖親人不多，兩邊學校的老師和同學卻來不少。泰瑞莎見到我時，溫柔地摸著我的臉聲音卻沙啞得說不出話，看得出她不知哭了多久。艾莉代表安祖的朋友在葬禮中說話，她要大家記得安祖對音樂的熱忱和愛情的執著。

『這首歌把安祖和吉兒牽在一起，讓他生命中最後一年擁有無限的愛。拉赫曼尼諾夫的〈VOCALISE〉大提琴由安祖．楊演奏，鋼琴部分由吉兒……』她頓了一下繼續說：『由我最好的朋友，安祖的妻子，吉兒．楊演奏，讓我們在為安祖祈禱的同時也為吉兒祈禱，她在新婚的那天失去了丈夫。』

艾莉哭了出來，我微笑感激地看著她，失去了安祖，我仍有艾莉、媽和吉米。還好走的是他，若走的是我，他就真的什麼都沒有了，他一個人在世上才寂寞呢！

音樂一出來，我立刻站起來向側門方向逃離，我想到那天在湖畔聽到這首歌那可怕的感覺。走到牆邊，他的琴音正苦苦地求我留下，我不得不停下來，靠著牆聽著我們琴聲的對話，他再一次毫不保留地對著我表達他的愛意，一股好熟悉好想念的溫暖又回來了，哦！安祖，我知道的。我微笑了起來，他總是不在乎旁邊是不是也有別人。最後鋼琴在結尾前獨奏著主旋律，聽起來好寂寞，從不記得是這樣彈的了，而提琴加入後漸強的長音，像是他在安慰著我，啊！此刻我真的好需要你的安慰，以前從未嘗過真正心痛的滋味，現在才知道，原來心痛不是個形容詞，心真的會痛，像刀在割一樣。那長音在我緩慢的和弦中愈來愈弱，直到完全消失，我好捨不得，再拉得長一點啊！再長一點就好了。四周好靜，彷彿在夢中，我聽到安祖的聲音。

『吉兒，我盡力了，在妳身旁，我完全失去了對悲傷的想像力。』

那的確是他說過的話，當時被吉米不小心錄了下來，竟然還保留著。

30.

葬禮後很多同學想要那張『DUET』，艾莉建議由義賣的方式，把賣來的錢以安祖的名，捐給他所屬的教會及音樂教育團體。我從中揀出十首作曲版權沒有爭議，而且錄音效果比較好的曲子，在兩邊同學幫忙製作出版及售賣下，一個月內竟賣了幾千張。

媽以親人去世及生病為由替我向學校請假，一直到畢業。我平時若不在房裡自言自語，就去安祖家陪他母親，及探索他的過去，她送我些安祖小時候的照片，音樂比賽的獎牌，舊的譜，總共三大箱東西，讓我珍惜不已。我看到艾米的照片，小安祖抱著它拉琴的樣子好可愛呀！還有張他和爸媽的三人合照，背景有城堡和煙火，是在加州的迪士尼吧。

幫忙他母親整理他房間時，在一個裝滿他高中時期課業檔案櫃中，發現好幾封兩、三年前被退回的信件，每封都是卡片，收信人是個女孩。這不認識的女孩曾讓他心碎嗎？我從來沒問過他在我之前的戀愛史，即使他曾和其他女孩認真交往過，我也不在意。他對我那麼痴心，那麼愛慕，那麼毫不保留地全部付出，我怎能對他的過去有一絲怨言？我把它們完封不動地放回去，這是屬於他一個人的回憶。

回去後我也把所有我所擁有，和安祖有關的事物整理出來，才發現我們一起照過的照片真少，我想到他母親給我的那支他的手機，打開裡面的相本，驚喜地發現耶誕節前兩天在滑雪山城的小街上照的幾張影像。啊！他的笑容和小時候一樣，好天真好滿足，我一張一張往下看，最後兩張照得不很清楚，是我在冰上，穿著那件令我很不好意思的綠色短裙。我只在冰上穿過它一次，就是那天。

幾週後，媽告訴我，保羅向她第三次求婚，她感覺可能是最後一次，想知道我和吉米的意見。

『別問我們啊！問妳自己，愛他就早該答應他，很多事不能等，不能考慮太多，不然就來不及了。』我低下頭瞄了眼手指上的戒指，輕嘆了口氣說：『還是那次在滑雪場，安祖看出妳和保羅相戀，要我像妳接受他一樣，去接受保羅。』

『他是個心細的孩子。』她撫著我的髮。

『而妳是個勇敢又有智慧的母親。』我誠心地說。

『兩個我生命中最心愛的男人都是妳安排埋葬的。老實說，安祖剛走的那一刻，我真的好想跟他去，那段時間我分不出真假，每天活在自己的幻想空間。而爸走的時候妳不但冷靜地處理一切，還能安慰我和吉米，要怎麼才能學會妳的堅強？』

我知道不該又提起爸，讓她陷於傷心往事，她沉默了一會兒。

『吉兒，妳是幸福的人，他的心至死前一刻都緊緊地繫著妳，他為妳流的淚就是他對妳的愛所做的最後回報。』

『爸也是啊！他至死都想著妳。』

媽微微搖著頭，紅著眼說。

『有件事我從來沒告訴你們，因為我想讓你們對父親擁有最完美的記憶。』媽走去書房，在檔案櫃中拿出一份文件。

『這件事只有我、珍和妳父親在台灣的親人知道。』

媽坐在我旁邊打開文件，是份分居協議的法律文件，我滿心懷疑，不可置信地讀下去，其中大約是說分居一年後離婚自動生效，孩子屬於媽，父親會支付贍養費用。

『妳父親在臨死前一刻都愛著你們，吉兒，這點妳千萬不要懷疑，但不是我。他趕著回來不是因為我的生日，是前一天我已經同意簽署這份文件。』媽一說完立刻掉下兩滴眼淚。

這幾年她身兼數職，很多該由父親做的，她做得比很多朋友們的父親還盡責，尤其對吉米，她怕單親媽教育的男孩不夠能幹，帶他露營、釣魚、教他游泳、送他去學各種球類。在我脆弱無助時，給我依靠的總是她，她一直是我們的支柱，很少看她哭泣。

『我不懂。』這幾頁薄紙把我這些年來對父親的崇敬全部掃空，我滿臉疑問地看著媽。媽擦了擦眼淚說。

『我從小在加州長大，大學裡認識妳爸，當時是個台灣來的留學生，畢業不久我們就結婚搬來這裡，我工作他繼續在喬治亞理工讀博士，那幾年對我來說，生活無限美好。後來生了你們，他也畢業，找了份工作，但一直不開心。他適合做研究，不適合開發產品，所以工作上常令他悶悶不樂，但至少那幾年我們的家庭生活很愜意，每到假日他帶著我們到處玩。還記得妳剛開始學溜冰？四歲吧！是他每天帶妳去練習，還帶妳出城去比賽。後來在妳六、七歲的夏天，他回台灣探親，順便申請了教職，沒想到立刻得到聘書。他興奮極了，要我們立刻移居台灣。妳知道，我在那裡沒有親人，中文從小就沒好好學，聽和說勉強還可以，文字全看不懂，實在無法想像該如何生存，但又不願他放棄這個心想已久的機會，因此我們分居兩地，每到寒、暑假他就飛回來看我們。原本我想這樣分個兩年，他滿足了大學教書的願望，而且想我們想極了，自然會回來，沒想到他在兩年之後升任副系主任，也同時向我提出分居。我知道他是認真的，試圖挽回，並答應他和他去台灣定居，甚至開始學中文，他只是淡淡地說，一切都已太遲，這兩年他已對我失去耐性。他曾多次苦苦哀求我和他去，總被我拒絕或藉故拖延，直到對我完全放棄，他對我提出分居不是個恐嚇，是個決定。我又用各種方法和他耗了一年，終於同意離婚。他一聽到我同意簽字，令我心碎的搭第二天早晨的飛機，帶著文件飛來。多巧呀！那天正是我的生日，沒想到卻在飛機上——

『過去我怨他，為自己不平，直到我看到你們。先是安祖放著馬里蘭大學不去，卻臨時申請個UGA，後來換成妳竟然有興趣讀音樂系，一切只為了在一起。我開始反省換成是妳，一定毫不考慮地跟著他，不論到哪裡。我總怪他不夠愛我，不為我想，其實自己又曾真的全心愛他？』

我呆坐著，驚訝地說不出話，終究爸也和安祖父親一樣，不是不得已，而是選擇離開我們。我心疼地看著媽，她流著淚縮在沙發的一角，這樣的傷心往事，每想到一次就會刺痛一次吧！這些年她獨自承受這些痛，還不時在我們面前提爸的好，他的幽默風趣，他對家庭、朋友和工作的熱愛。

我擁抱著媽，替她擦著眼淚。

『我不在乎爸，我只在乎妳，妳給我和吉米的愛遠比我們能想像的還多。不要再回頭看，保羅一定是個好男人，因為他讓妳快樂，愛他就嫁給他，妳值得好好地被疼愛，爸的事別告訴弟弟。』

我把那份文件扔到垃圾桶，媽溫柔地撫著我的臉頰說：『妳也答應我，不要再回頭看。』

我閉著眼睛靠在她的肩上說：『我怎麼能不回頭看？他是我一生中最美好的回憶，和他在一起的每一分、每一秒我都捨不得忘記啊！』

31.

夏天果然守信地來了，我又重回冰上，白天自己練習，下午教初級班基礎滑冰技巧，我取得了正式教練資格，和這份兼差工作。

畢竟花式溜冰是我從有記憶以來幾乎每天都在想，都在做的事。它像止痛劑一樣讓我暫時忘掉所有傷痛和苦惱，銀白色的冰面成了我所有的世界，每當我專注於高速旋轉和跳躍時，腦中可以一片空白。就算重重地跌在又硬又冷的冰上都不算什麼，身體上的疼痛久了總會復原，而心裡的呢？它好像躲在某個隱密的角落，每次不小心觸碰到就痛一次，而更可怕的是你不知還要帶著它多久，幾個月，幾十年，還是一輩子？

吉米在暑假前就遞給我從UGA寄來一封厚厚的信，我連拆都懶得拆就把它扔在一邊，幾天後媽告訴我那是音樂系的入學許可還附半額獎學金。如今對我來說什麼都不重要，真的一點都不重要。這本是件可以讓我們好好慶祝的事啊！我以前早就想好收到入學通知時，要他再帶我去一次旋轉餐廳看夜景的，怎麼才沒多久，心情全變了呢？不是一切都照著我的計畫在進行嗎？

艾莉建議我休息一陣，秋天的時候申請德拉瓦大學明年春季班。

『妳現在已在Junior階段，申請不難。和我住在一起相信很快就可以進入狀況，離開這傷心地可以幫妳重新出發。』

媽也覺得這主意很好，要我在艾莉三週假期結束時和她一起回去住幾天，看看環境順便散散心。我立刻謝絕了她們的好意。

『難道妳不喜歡花式溜冰？』媽不解地問。

『噢！我當然喜歡。它是個結合音樂、藝術、速度和肢體美感的活動。而今甚至成了我的避難所，我可以用它再愉快地逃避個好幾年。但我不能這麼做，心不在此，我不能欺騙自己。』

『那妳的心在哪裡呢？』

『說了妳別為我感到悲哀，我的心始終在安祖那裡沒有離開半步。那天偶然在妳車上收音機聽到那首大提琴協奏曲，雖然妳立刻轉台，短短幾句琴聲已經印在我的腦中揮之不去。回到房裡，在安祖母親送我的那幾箱東西裡找出他收藏四、五張不同版本的錄音，在演出前他至少聽了幾百遍吧！我猜想羅斯托波維奇的版本或許他最常聽，因為他的唱片他收藏得最多。鼓起勇氣把它放了一次，啊！好久沒有感覺和他那麼接近。那天他在演奏會上很多地方一定是揣摩這版本的處理方法，好熟悉啊！我一遍又一遍聽了好幾次，心中有股說不出的喜悅，第二天早晨神奇的在郵筒裡發現一張泰瑞莎寄來的東西，正是那晚的現場錄音。』

『吉兒，聽我說，別老停留在記憶中，我要妳活生生的在現實中找到自己喜歡而且想做的事。』媽擔心地說。

『誰說我要活在記憶中？我只是想跟隨著我的心走。這一年他帶著我進入他的音樂世界，他讓我親身經歷甚至觸摸到音樂的美和那股強大的感情包容和傳達力，他對音樂的投入和熱忱令我羨慕，我有多慶幸能成為他音樂旅程中的一部分啊！如今雖然他已走完他的，我的卻才開始，我的心仍嚮往著那個神祕的境地，那個不需要言語就能表達一切的地方。』

媽聽完會意一笑，點點頭說：『吉兒，我一直不敢把妳推向音樂這條路是因為自己的痛苦經歷。從妳小時候開始教妳彈琴我就彷彿看到自己，妳學得又快又容易，有些東西對其他孩子非常困擾的在妳手上簡直不費力，記不記得我剛教妳巴洛克對位法？沒練多久妳就能上手，除左右手不打架外，嘴巴還能多唱一個自己編出來的聲部。妳從不需要花太多時間在技巧的訓練上，指法、節拍、視譜幾乎是妳的本能。我當年就是這樣，他們把我當成了天才訓練，直到大學時我才了解到有些事妳可以輕易地做好不表示妳是塊材料，音樂系的那一年我讀得其實很輕鬆，課程一點也難不倒我，只是有一天我發現我坐在琴房中，手指在鋼琴上練著譜架上的練習曲，頭上卻掛著耳機，聽著音量全開的重金屬。不是喜歡搖滾樂，而是早已厭惡自己的琴聲，害怕聽到。音樂、藝術這類東西和其他很不一樣，無論你有多少天分，缺乏了狂熱仍拿它當事業，不但一事無成，而且很痛苦的。以前我看不出妳對它的熱度，後來聽你們一起練，琴音還真是充滿喜悅，熱戀中的年輕孩子不出去玩，卻整天待在琴房，一定是發現了它的吸引力。那何不繼續學音樂？』

『沒有勇氣！鋼琴是我唯一喜歡玩的樂器，至今我仍不敢碰它一下。』

說著思緒又掉進往日，正是去年夏天呢！多少個這樣的午後，我們漫無目的一首一首的練，每首都有一種心情。有的喜，有的悲，有的浪漫，有的淘氣，有的熱情，有的典雅，還有的我們怎麼都合不起來，只好怪譜寫得太爛。常常一直到天黑才發現已經彈得全身痠痛，而他卻從不叫累，我想從小他早已習慣一練就是四、五個小時，而我過去只有在比賽前或無聊透頂時才可能坐下來練個兩小時。我從不記譜，所以每次眼睛總努力跟著樂譜分心不得，而他卻三兩下就全記起來，之後除偶爾看一眼提琴的指板，就盯著我。一開始好不習慣，常笑得彈不下去，到了後來每當我有個空檔可以看他一眼卻沒遇上他的眼神，反而令我不安。尤其彈到那些不知該如何處理的樂句，我好想知道他盯著我時心裡到底在想什麼，問他，他總笑著不說。

32.

幾天後一個細雨的晚上安祖的母親來到家裡，帶來一件我再熟悉不過的東西，安祖的琴——『THE DUET』，我以為它早已與他一起毀於那場不幸。她告訴我，他們在他的住的小公寓整理遺物時發現了它，就把它寄還給他父親，他父親卻將它退了回來，要他們轉交給我。

他母親離開後，我輕輕地打開琴盒，看著它躺在冷冷的硬質盒中讓我想到葬禮那天躺在棺木中的安祖，好寂寞啊！應該把你們葬在一起的。難道安祖要它陪著我，才讓它逃過一劫？我把琴小心地取出，坐在安祖每次和我練習時坐的那張椅子上，擁抱著它，像安祖彈它時那樣。感覺他們又都活了過來，就在我身邊，我把琴橋架上，四弦上緊，隨便撥了幾下，空弦在空氣中震動，一直震動到我的心裡。我讓它斜靠在鋼琴旁的牆角，你們一定也互相想念著吧！我相信東西也是有感情的，尤其是樂器。坐在鋼琴前，我吸了口氣，輕輕地打開琴蓋，它靠在那兒，正耐心地等著我們，一點也不急，怎麼和他一樣嘛！記憶中除了那次我慢吞吞地讀他寫的譜，他從不曾催促過我。他走之後，我連這琴房都很少進來，這裡有太多我們共有的美麗回憶，我怕一個人在這兒待久了，那些回憶會被如今孤單的心情沖淡。我看著它，它正像他以前那樣看著我呢！〈G小調奏鳴曲〉，那首我們又對珍阿姨失約的歌？』我心裡問。

我用最弱的音量緩緩的開始彈著前奏，一閉眼他的琴音像泉水般湧出，環繞在整個房間，今晚我就照他曾說的彈，沒有一點悲傷，只有想念。感謝神讓我們及時相遇，這一年的點點滴滴已能使我終生無憾。啊！安祖，往後的日子並不如想像的困難，你真的把所有的你都給了我，就為此我會再快樂起來，我的憂傷總讓你心疼。再給我一點時間讓我學會安排一個人的生活，別擔心，帶著你的全部，我會好好的活。幾天後我告訴媽和弟弟我決定去喬治亞大學報到。

由於還不會開車只能住宿舍，保羅和吉米都來幫著搬東西。臨走時媽特地把我叫到一邊：

『吉兒，如果想轉系或根本不喜歡讀，立刻告訴媽，別勉強或自己悶著。』

『別為我擔憂，如今心裡的事不告訴妳還能告訴誰呢？』

『媽只想讓妳知道無論妳人在哪裡或發生什麼事，總有個家在等著妳。』

我雙手環繞著她的頸，頭靠在她的肩上說：『妳知道嗎？我有多慶幸能在人世間生做妳的女兒。』

『吉兒，我又何嘗不是？』她把我抱在懷裡，用好溫柔的聲音說。

媽依依不捨的離開後，我獨自在這個並不陌生的校園裡漫無目的閒逛。離開學只剩兩、三天，學生大多已回來，挺熱鬧的，到處都是各社團或兄弟姊妹會招攬新會員的攤位和廣告。看我落單走著，不時有人遞來傳單或攔住我介紹個半天，一一謝絕後才想到去年安祖一定也碰到過這群人。前面不遠就是音樂系館，不如進去把註冊選課的事辦了。看看時間已快六點，大概早下班，明天再來吧！正準備轉身，突然胸中一陣莫名激動，催促我向系館側面的琴房走去，好像有什麼在等著我。透明大門鎖住打不開，我正著急的心想『安祖，是你在裡面嗎？』幾個女孩正好走出來開了門讓我進去，要我別練琴到太晚，還沒開學很冷清，一個人危險。

每個房間幾乎都是空的，隱約聽到好熟悉的琴聲，是鋼琴，不是大提琴，有點失望。啊！那是我們的歌〈VOCALISE〉，安祖也會彈鋼琴的，不是嗎？我朝琴音的方向快步前行，來到二樓角落最後一間，毫不猶豫推開門，琴音立刻停止。

裡面光線很暗，只開了一盞用來看譜的小燈，他突然轉過頭來驚訝地看著我，顯然被我嚇了一跳。

『對不起！認錯人了，我以為是……』

『安祖．楊？』

一聽到他的名字，我的胸口微微一驚，說不出話，閉起眼做個深呼吸。

這些日子以來，周遭的人在我面前都刻意迴避有關他的事，好久沒聽人提起他的名字。我張開眼看著他的一頭好眼熟的淡色長髮，在哪見過的？不記得了。

『你知道安祖？』我問。

『吉兒，我叫傑瑞，音樂系鋼琴組四年級。』

我一邊伸出手和他握著一邊開始搜尋記憶。那次音樂會安祖帶我見過一些同學，都是主修弦樂，除了邦妮，沒有彈鋼琴的呀？

『真抱歉！安祖一定曾介紹過你，但實在想不起來是在哪兒。』

『不！他從沒有，我在他的葬禮第一次見到妳，但沒機會說句話。』

『哦！』這一說我就記起來了，的確那時見過他。看我神情黯然，他連忙說：『我的錯！不該提起讓妳傷心的事。』

『噢不，不是的！別在意，我正想知道關於他所有的事。怎麼認識他的？』

『他雇我陪他練琴，大部分是協奏曲和奏鳴曲，有時也練些應付演奏會的小曲。他的課外活動不多，演出機會倒不少，學校、教堂、市政府辦音樂會都找他，自然成了我的最大客戶。他常提到妳，每次付錢的時候總不忘消遣我說他還在讀高中的未婚妻都比我強得多，哪像我要收費還老彈錯，從不事先練練。』

我笑了笑說：『他的東西的確不好彈。』

心想，安祖好像曾提過他，不大記得哪時。

『嘿，帶妳去個地方。』

傑瑞領著我到二樓另一端的一個琴房，打開燈，裡面飄來淡淡清香。鋼琴上擺了幾瓶鮮花。

『以前安祖每晚總在這裡，這間雖小，但卻是少數有窗戶的，自從那次音樂會後，全系沒有一個不認識他，他發生的事讓大家非常難過，從此這房間鮮花就沒斷過，即使在暑假。嘿！你們那張「DUET」感動了好多人，幾個提琴組的都找我幫忙練裡面的曲子。』

我走近窗前，在窗台上撿起一只魔術方塊，不禁驚喜地叫了出來。我把它握在胸口，像抱著一隻小寵物，第一次見到他是不是這東西牽的線？

『安祖把它丟著讓大家玩，本來好幾個呢，瞧！解法還在那兒，沒人忍心擦掉它。』傑瑞指著牆上掛的大白板。

啊！是安祖的手跡。我一字一字讀著，他把第二層和第三層的基本要訣很仔細地全寫在上面，突然在那些步驟旁有一段留言，我讀完，整個人呆了好久，手上的方塊一鬆手不小心掉在地上。

早安傑瑞，心神不寧了好幾天，得回去看看她，見一面就走，請把十點練習改至午後。

安祖

一直以為那天他得見米勒先生，才先繞來溜冰場看我，卻想不透為什麼不帶著琴，原來他來回六小時只為看我一眼。為什麼心神不寧？我想到出事的前幾天他曾在電話中要我練習時小心，別做危險跳躍，難道他也和我一樣有些說不出的預感？

傑瑞撿起那只方塊放在我的手中，我低頭看著它，一滴眼淚掉在上面。他拍拍我的肩安慰我，我告訴他我需要單獨留在這房間一會兒，他熄了燈帶上門，輕悄悄地離開。

噢！安祖，就像你說過的，好希望你能少愛我些，那麼或許你還在，你真的不需要那樣對我就能讓我甘心的永遠守著你。有時不懂為什麼祂為你創造了我，好不容易安排我們相遇，卻不讓我多陪你一段？對於你出事，我從不埋怨自己，更不責怪那個撞上你的酒鬼，因為沒有人擁有操縱生死的權力。我相信這一切早在計畫中，而你注定那天一定要走的，人在世間不都遲早要走？我們或許還算是幸運的，有人甚至來不及相遇就各自離開了。

窗外的天空紅澄澄的，多少個黃昏你也曾在這兒望著一樣的景致？遠處農學院的牧場上幾隻零散的牛懶洋洋地臥在樹下躲著八月火熱的夕陽，長長的牧草被風吹得像波浪般韻律舞動，這世界仍然到處都有如此不經意的美。啊！難怪你剛才那麼急著要我來，再遲一會兒就看不到了。我會意地 笑著，對著窗哼著那首童謠直到天色漸暗，露出半個月亮。

『我愛你，在清晨，在午後，我愛你，在傍晚，在月下。』

I love you in the morning and in the afternoon.
I love you in the evening and underneath the moon.

集驚悚、怪奇、妖邪於一書！一本很『台』的超新派靈異小說！

鬥法

月藏◎著

李昂：『《鬥法》以奇情異色的一種極致的書寫方式，提供了閱讀上強烈的感官刺激。這部『俗又有力』的小說，的確是令人讀後印象深刻。尤其是背後顯現出來的某些台灣現今的精神風貌，更有令人歎為觀止的貼近。』

身為地方上極具影響力的市議員，楊世德實在想不透，是誰對他有如此的深仇大恨，不但綁架了他的大女兒，還將她的身體肢解成一塊塊寄回他手上。如今一年過去了，眼看一切似乎都將恢復正常，誰知道兩天前，他的小女兒也失蹤了！

楊世德不確定，為什麼自己竟然會在這個節骨眼上，決定回到久違的鄉下老家來？然而兩年來，他不斷的想起童年記憶中某些模糊的片段——失蹤的同學、後山上那間『叔公』住的詭異鐵皮屋……楊世德隱隱感覺，這些不知是真是假的混亂記憶，必定與他女兒的失蹤有著某種關聯。

為了找回失蹤的小女兒，也為了查清楚記憶的真相，楊世德找上了私家偵探林德生，要他幫忙尋找當年『叔公』的下落。但沒想到，林德生查訪到的消息卻更加令他毛骨悚然——童年記憶裡後山上的鐵皮屋，其實是一座祭拜著『不乾淨的東西』的陰廟……

一個跳躍時空的女孩，一場驚心動魄的救援行動！

朝顏時光

米果◎著

侯文詠：『故事最後，道盡了政治信仰的虛幻以及人在歷史中的渺小——就像「朝顏花」短暫而燦爛的隱喻一樣。這種站在更高的制高點，對於生命和歷史重新審視的另外一種透澈，恐怕是小說這個不太起眼技藝，一再讓人沉迷很重要的理由吧！』

在姑婆的告別式上，年輕女孩幸子遇見了一個外型像電影『新上海灘』裡舊時代裝扮的中年男子。男子交給幸子一個白色奠儀之後便離去了，幸子完全不知道他是誰，只見信封上的署名是：江寧靜、莊禎祥；然而，幸子的叔公祖莊禎祥早在幾十年前就死了……

為了查清楚那個男人的身分，充滿疑惑的幸子來到姑婆住了一輩子的老屋。就在一陣突來的天搖地動之後，那名男子又突然出現了。更不可思議的是，原本早已荒廢的破舊老屋，此時竟變得簇新而熱鬧，幸子甚至還遇見了年輕時候的姑婆！

這是怎麼回事？那個自稱徐謙田、自稱在性命交關之際突然穿越時空的男人到底是誰？他又為什麼找上幸子，還把她一起帶入了時光磁場中？！幸子心中懷著重重疑團，打開了老屋內緊緊上了鎖的一個抽屜，沒想到，她卻從此開啟了家族中始終諱莫如深的那段驚人過去……

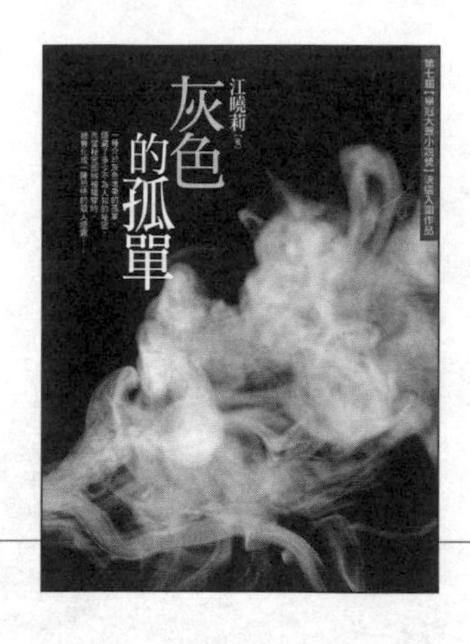

台灣版的『HERO』！一幅驚心動魄的官商勾結浮世繪！

灰色的孤單

江曉莉◎著

詹宏志：『白佐國、周湘若或書中的其他角色，都是立體、鮮活、飽滿而可信的人物，這些角色有著完全台灣內容的生活背景架構，更在這種生活意義架構下進行一個推理謎局的展開與調查，這就造就了一部我們等待多時的、充滿本土聲光色彩氣味的原創推理小說。』

素有『最懶散的檢察官』名聲的白佐國才剛回到台北地檢署任職，就碰上了檢察長交辦萊兒生技公司涉嫌非法吸金的案子，同時，之前與白佐國有過一夜情緣的神秘女子林羽馥竟驚傳死亡的消息。

白佐國認為林羽馥的死另有隱情，就在他和檢事官周湘若積極偵辦萊兒生技案的同時，發現這起命案和另一樁『內湖之星大樓倒塌事件』牽扯在一起。原來林羽馥的未婚夫賴赫哲正是負責內湖之星大樓的建築師，卻在大樓取得使用執照前夕，從十六樓的工地意外墜樓身亡。

這三個案件最終指向的都是泰扶集團的總裁郭泰邦，到底林羽馥知道了什麼內情？賴赫哲又為何身亡？而泰扶集團跟萊兒生技公司又究竟有什麼關聯？在一切糾結纏繞的重重謎團中，白佐國和周湘若要如何找到破案的關鍵呢？……

一段最純真也最感官的初戀故事！

同窗

法爾索◎著

張曼娟：『好看又動人的愛情小說，其實很難尋覓。好看的愛情小說，是舒緩而緊密的；動人的愛情特質，是悠長而深刻的。我在法爾索的《同窗》裡，竟然看見了這樣的結構與人物。』

『同學會』是一種很奇妙的東西。

曾經跟朋友聊到，大家一致認為，同學會是最容易讓班對舊情復燃，甚至跟老同學發生新戀情的可怕場合！只是沒想到，這種事會發生在我身上，而且是同時發生……

大三下學期的某一天，我接到一通奇妙的電話。往事突然歷歷奔來，我想起了曾經如此愛戀的小學同學小蕙，以及高中時她望著我那迷霧般的眼神。想起小學時『不小心』偷窺到大姊頭周令儀發育中的渾圓小丘；還有她高中時充滿女性魅力的身形線條！

我以為這一切都離我很遠了，誰知道在那一次的同學會後，她們卻讓我飽嘗天堂和地獄的滋味……

國家圖書館出版品預行編目資料

二重奏 / 梁家蕙 著.--初版.--臺北市：皇冠文化.
2008〔民97〕
面；公分（皇冠叢書；第3695種）
（JOY；90）
ISBN 978-957-33-2384-6　（平裝）

857.7　96025592

皇冠叢書第3695種
JOY 90

二重奏

作　　者—梁家蕙
發 行 人—平雲
出版發行—皇冠文化出版有限公司
台北市敦化北路120巷50號
電話◎02-2716-8888
郵撥帳號◎15261516號
皇冠出版社(香港)有限公司
香港灣仔告士打道88號19樓
電話◎2529-1778　傳真◎2527-0904
出版統籌—盧春旭
責任編輯—張懿祥
美術設計—王瓊瑤
行銷企劃—李邠如
印　　務—林莉莉
校　　對—林禎慧・余素維・張懿祥
著作完成日期—2007年
初版一刷日期—2008年1月

法律顧問—王惠光律師

讀者服務傳真專線◎02-27150507
電腦編號◎406090
ISBN◎978-957-33-2384-6
Printed in Taiwan
本書特價◎新台幣199元/港幣67元

你對本書的其他意見：

寄件人：

地址：□□□

北區郵政管理局登
記證北台字1648號
免 貼 郵 票
〔限國內讀者使用〕

10547
台北市敦化北路120巷50號
皇冠文化出版有限公司　收